集英社オレンジ文庫

鎌倉御朱印ガール

後白河安寿

本書は書き下ろしです。

プロローグ　江島神社と弁財天　006
第一章　宝戒寺と毘沙門天　024
第二章　妙隆寺と寿走人　059
第三章　本覚寺と恵比寿天　072
第四章　長谷寺と大黒天　086
第五章　御霊神社と福禄寿　119
第六章　浄智寺と布袋尊　158
第七章　鶴岡八幡宮と弁財天　184

鎌倉 御朱印ガール

Kamakura gosyuin girl

プロローグ　江島神社と弁財天

一瞬、目を疑った。

『江島弁財天《えのしまべんざいてん》』という赤い幟《のぼり》がはためく八角形の社《やしろ》の屋根に、女性が腰掛けている。

「ほう、人間。わらわが見えるのか」

彼女は音もなく地面に降り立ち、近寄ってくる。匂《にお》い袋みたいな古風でいい香りがした。

「気に入ったぞ。名はなんと申す？」

☆☆☆★☆☆☆

時は少しさかのぼって、一学期最後のホームルーム。

「えー、高校生活はじめての夏休みだからといって、はめを外しすぎないように。早寝、早起き、規則正しい生活を心がけ、危険な場所へは近づかず、ルールを守り、犯罪に巻き込まれたりしないよう、気を引き締めて生活すること。最近はSNS絡みの事件も多いから特に気をつけて。それから――」

野太い担任の声は右耳から左耳へ流れていく。あたしの胸は期待にふくらんでいた。

校舎の窓からは青くきらめく七里《しちり》ヶ浜《はま》の海が見える。

――もうすぐ遊びに行くね。

ここ県立鎌倉海浜高校《かまくらかいひん》は、江《え》ノ電《でん》の七里ヶ浜駅から徒歩一分。校舎のどこにいても海が見渡せる絶好のロケーションにある。

ちょうど去年の今ごろ学校見学をしたときに一目惚《ひとめぼ》れをした。ここに入ればきっと、すてきな毎日を送れると思って受験勉強を頑張った。

あこがれの高校生活は思っていたよりも忙しくて、一学期はあっという間だった。だからこそ、夏休みに期待している。

――いいことといっぱいありますように！

担任の長い話から解放されると同時、友人たちのもとへ走った。

さらさらロングヘアの青船花音《あおふねかのん》と、内巻きボブが似合う稲崎唯《いなさきゆい》。青船、稲崎、宇賀神《うがじん》と出席番号が近かった縁で、一学期の最初から仲よくしている。

「いつ行く⁉　江の島」

机から身を乗り出してたずねた。七月に入ってすぐ、「夏休みになったら泳ぎにいこう」と約束していたのだ。そのときは、「彼氏を作ってトリプルデートしたいよね」なーんて浮かれていたんだけど……そこはちょっとミッションクリアならずだった。残念。

ぺったんこのバッグを肩へ掛けていた花音はこちらを向いて、どんより曇った雰囲気《ふんいき》を漂わせる。

あれ。

あたしはヒトよりも空気を読むのがちょっとだけ得意だ。なぜなら、やむにやまれぬ事情があるからなんだけど——、今はとりあえずおいておく。

「どうかした？」

「羽美《うみ》さあ、江の島の変な噂《うわさ》聞いた？」

困惑のにじむ口調で切り出される。あたしは眉《まゆ》をひそめた。

「鯨《くじら》が流れ着いたとか？」

そんなことじゃないのは百も承知だった。もっとなにかいやなことだ。

「ううん。カップルで江の島へ行くと別れるってやつ」

「へ」

思いも寄らない答えにぽかんと口を開ける。

初デートで有名テーマパークへ行くと別れる系の……？

するど、黙っていた唯が割り込んできた。

「それ、私も聞いた。弁天さまがカップル見ると嫉妬《しっと》するんだってさ」

いわゆる都市伝説だろうか。

そこへ行くだけで呪われるホラースポットというわけではないし、そもそも女三人で行くのにカップルがどうとかは関係ない。

「へえ、いろんな神サマがいるんだね」

軽く流す。けれども、花音はうつむく。言いにくそうに小さく口を開いた。

「そういうの羽美はあんまり気にしないほう？　ほら、前に巫女《みこ》の血引いてるって言ってたよね？」

「ああー……」

新学期早々、自己紹介がてら話したことだ。

数年前に亡くなった父方の曾祖母《そうそぼ》がいうには、昔うちは鎌倉市内にあって、蛇神を祀《まつ》る小さな神社だったらしい。【宇賀神】というものものしい名字《みょうじ》はそこに由来するそうだ。

とはいっても、ずいぶん前に土地は手放し、今は隣の藤沢《ふじさわ》市民だ。もちろん神職とはまったく無縁である。

「あたしは全然気にならないかな。っていうより、カップルとか関係なくない？　女三人で行くのに」

「うん……、まあ、そうなんだけど……、なんていうの？　ちょっとタイミング的に縁起《えんぎ》悪いなあって」

「タイミング？　どういう意味？」

「……」

意味ありげな沈黙が落ちる。

「え、なに」

「実は……」

ぼそぼそと聞こえにくい声で花音が告げてくる。

「わりと最近、彼氏できたの」

「ほわっ⁉」

びっくりしすぎて変な声が出た。

「彼氏？　いつの間に？　てか誰」

ついこの前まで三人で、「彼氏ほしいね～」なんて話していたはず。

花音は指を組み合わせながら答えてくれた。

「期末テストのあと、部活の先輩に告《コク》られて……」

「びっくりだよ。もっと早く教えてくれてもいいのに」

ねえ、と唯に目配せする。すると、

「あの、実はね、うちもなの」

一瞬、その言葉が呑《の》み込めなかった。

「先週からバイト先の人と付き合うことになって……」

「嘘、唯まで⁉」

かぶり気味に花音が歓声を上げる。

「きゃー、やだ、なんで言わなかったのよ」

「だって言いにくいよ。花音だって秘密にしてたくせに」

「もーっ、驚いたじゃん」

「ごめんって」

彼氏のできた二人は盛り上がっている。

えっと。あたしはこういうときどうしたらいいんだろう。

祝う？　そうだよね。喜ぶべきだ。

「おめでとう。今度紹介してね」

にっこりと笑ってみせた。

「ありがと……」

照れくさそうに二人の頬《ほお》が染まる。

花音は「ごめんね」と両手を合わせてきた。

「江の島のこともさ、迷信だとは思うし、三人で行くには関係ないはずなんだけど、心に引っ掛かるっていうか、もしそれが原因で別れちゃったら？　とか変に気になっちゃって……」

「そっかあ。……そういうものなのかな。でも、たしかに付き合いはじめはいろんなことが心配になるのかもね。わかったよ」

行っても楽しめないのなら、無理して行く必要はないよね。

同調すると、唯もうんうんとうなずいた。

「代わりっちゃなんだけど、みんなで『珊瑚礁《さんごしょう》』へ行かない？」

【珊瑚礁】はこのあたりでは有名な超おいしいカレー屋さんである。高校生のあたしたちには少しお値段がはるので簡単には行けないけど、そこがまたレアでいい。

「それで、そのとき彼氏紹介してもいいかな」

申し訳なさそうに告げてくる唯は、だけど頬《ほお》がほんのり上気して幸せそう。それに、きちんと紹介してくれようとする誠意もしっかり伝わってくる。

「じゃあ、私もつれてくよ」

花音も嬉しげに続く。あたしは手を叩いた。

「わあ、楽しそう！」

大切な友達だからこそ嬉しい。それは本音だ。

だけど。

少しだけもやもやしてしまう。

いやだな。友達の幸せを素直に喜べないなんて。

無理やり明るい調子で話す。

「あたしはいつでも大丈夫だから、予定決まったら連絡して？」

さっぱりしたふうを装《よそお》って教室をあとにした。


駅に着いたらタイミングよくレトロな緑色の江ノ電がやってきた。

普段は観光客が多くて座れないが、真っ昼間のせいか、はたまた猛暑で外出する人が少ないせいなのか、席がまばらにあいている。

だから、遠慮《えんりょ》なく腰を下ろして目を閉じた。

思い返してみれば、花音はよく部活の先輩の話をしていた。ボールを追う真剣なまなざしにキュンとするとかなんとか。そして唯も、バイト先の同期くんがイケメンなんだって噂していた。

もっと食いついて根掘《ねほ》り葉掘《はほ》り聞けばさっきみたいに盛り上がって、二人とも早く打ち明けてくれたのかもしれない。

……でも、あたしは男子の話に興味を持てなくて、流してしまった。

というのも、人の顔にはっきり区別がつけられないせい。だからイケメンといわれてもピンとこない。なんていうか、相手が笑っているか怒っているか、感情はわかるんだけど、顔そのものはみんな同じに見える。まるで金太郎飴《きんたろうあめ》みたいに。

自分と他人とで顔の見え方が違うと最初に気づいたのは、小学三年生のとき。

図工の授業で隣の席の子の似顔絵を描かされた。

向かい合って互いの顔を観察しながら紙面に描き起こす。輪郭《りんかく》を描いて目を描いて鼻、口……。できあがったあたしの絵を見て、ペアの男子は噴き出した。

『全然似てねえし！』

似てるってどういうこと？

『俺の目、こんな大きくねえし、顔も丸くねえ』

なになに？　とクラスメイトが集まってくる。

『もっと口を大きくしたらいいいんじゃない？』

『鼻の形が違うんだよ』

口々にアドバイスしてくる彼らの顔は、やはりいつもどおり同じにしか見えない。なのに、似ていないとか違うとか言われてますます混乱した。

人を見分けるとき、あたしは相手を全身のフォルムや声、雰囲気《ふんいき》で認識する。だから、髪型が変わっていたりすると一瞬わからない。とはいえ、人よりちょっと物覚えが悪いくらいのつもりでいた。だって、それが普通だったから。不便を感じたことはない。実際、小三のそのときまで気づかなかった。

あとでネットで調べてみたら、そういう特性を持った人はほかにもいると知った。みんな工夫《くふう》して暮らしているらしい。

だから、あたしもあんまり気にするのはやめようと思ってた――わけなんだけど。

「彼氏は当分できそうもないなあ……」

誰がかっこいいとか女子トークについていけないし、好みのタイプもわからない。

ため息が漏《も》れた。

江の島、楽しみにしてたんだけどな。

カレーは好きだけど、カップルに挟まれてぼっち参加は寂しい。

穴の空《あ》いた風船のように、体から気力がみるみる流れ出ていく。座席へ深く身体《からだ》を預け、意識を手放した。

☆　☆　☆　★　☆　☆　☆

『まってよう』

真っ白い部屋の中、子供が泣いている。

まだ五歳くらいの男の子だ。

『いいこにするから。いかないで』

髪を振り乱し、小さな手を必死に伸ばす。

『おかあさん』

ぬぐった涙で濡れた小さな手の先には、女性の背中が見えた。この子のお母さんらしい。

華奢《きやしや》ではかなげな印象を受けた。

『おかあさん、まって』

必死に呼びかけているのに、〝おかあさん〟は振り返らない。それどころか、なんの未練もないとばかり遠ざかっていく。

男の子は廊下《ろうか》へ飛び出した。玄関のドアが開き、母親の背が消える。足がもつれて転んでしまった。無情にも目の前でドアが閉まる。

『おねがい、もどってきて、おかあさあん！』

からっぽの手が宙をつかむ。唇をふるわせ、うつろな目で両手を見下ろした。肩から力が抜け、そのまま床にくずおれてしまう。小さな背は消えてなくなってしまいそうに儚《はかな》い。あまりの痛みに胸をつかれた。思わずもらい泣きしそうになったところで――。


人々の喧噪《けんそう》がうわんと耳に響く。

気づけば駅に着いていた。観光客がどかどかと乗り込んでくる。あっという間に車内は混雑した。

窓の外を振り返ってみる。反対ホームが見え、ここが【江ノ島駅】だとわかった。ちょうど向こうから青い電車がやってくる。単線の江ノ電は決まった箇所《かしょ》でしかすれ違えないため、しばらく停車してあちらの電車の到着を待っているのだ。

蒸し暑い。

満員電車の空気はあんまり好きではない。寝起きのせいで機嫌が悪いのもある。夢見も悪かった。そもそもあたしは落ち込んでいた。

こんなダークな気分のまま夏休みに突入するのはいやだ。

気分転換がしたい。

バッグをつかむと立ち上がった。林立する人々をかき分け、電車を降りる。

この際だから、一人でも江の島へ行っちゃおう。


太陽がぎらぎら照りつける江の島海岸は人であふれていた。ヨットに乗る青年、波打ち際で遊ぶ子供、水を掛け合う水着姿のカップル――。

花音や唯が言っていた〝恋人と別れる〟ジンクスなんか嘘みたいに、彼らは楽しそうだ。いいなあ。

横目で眺めつつ、江の島へ渡る弁天橋をとぼとぼ歩く。やはり暑さのせいか普段より観光客は少ない。右手には紺碧《こんぺき》の海と抜けるような青空に挟まれ、群青《ぐんじょう》色の富士山《ふじさん》がそびえている。壮観だ。さわやかな海風を全身に浴びていると、気分が晴れてくる。

やっぱり、来てよかった。〝思い立ったら即行動〟は性《しょう》に合っている。

ちょうど橋の真ん中くらいにさしかかったところで足を止めた。

分厚い手帳みたいなものが開いた状態で落ちている。

見開きページには達筆の墨書《すみが》き、中央に赤いスタンプが押してある。

「なにこれ。習字……？」

拾い上げてみたら、帳面の部分が蛇腹《じゃばら》のように流れ落ち、長く伸びた。あわてて畳《たた》み直せば、硬い布張りの黒い表紙が現れる。

小さな金文字で【御朱印帳】と書かれていた。

「あ、なんか聞いたことある」

神社や寺院で参拝した記念に書いてもらうもので、集めている人も多い……とか。

興味を覚えて表紙をめくる。真ん中に【南無地蔵尊《なむじぞうそん》】という大きな墨書きとダイヤ型の印、右に【奉拝】という文字と日付、左下に【建長寺《けんちょうじ》】と書かれている。北鎌倉の有名な古刹《こさつ》だ。

「わあ、読めた」

小さいころ少しだけ習字教室に通った経験があるからだろうか。嬉しくなってページをめくる。次の墨書きは達筆すぎて読めなかった。

どこのだろう。

おもしろい。

あたしも集めてみたいな。御利益《ごりやく》とかありそうだし。

とりあえず、拾った御朱印帳の砂を払ってバッグへしまう。帰りに交番へ届けよう。

衝動的に江の島へ来たが、小さな目的が見つかって嬉しい。

そこからは足取りが軽くなった。橋を渡りきり、左右に土産物屋《みやげものや》が並ぶ坂を上がり、神社へ向かう。

長い階段を上り終えた先に厄除《やくよ》けの茅《ち》の輪《わ》が見えてくる。勢いよくくぐって海の女神を祀《まつ》った辺津宮《へつみや》の拝殿にお参りをした。流れで右手の社務所《しやむしよ》をのぞき、御朱印帳を見つける。

三種類あった。青地に海の絵が描かれた綺麗《きれい》なもの、黒地に金龍のシックなもの、ピンク地に天女が描かれたかわいいもの。どれもすてきだが、天女の柄に一目《ひとめ》惚《ぼ》れをした。

「これをください」

少し前のめりになって頼む。神職さんは穏やかにたずねてきた。

「御朱印は『江島神社』と『弁財天』の二種類がありますが、どちらになさいますか」

両方！　と言いたいところだけど、お小遣いがない。

「弁財天のほうでお願いします」

なんとなく耳に残ったほうをお願いしてみた。

いったん脇へよけてガラス窓から社務所の中をのぞく。神職さんがさらさらと気持ちよく筆を進めていた。

なんか、すごい。今なら願い事とかかないそう。胸が高鳴る。

でも、かなえたい願いってなんだろう。

──やっぱり人並みに「彼氏がほしい」、かな？

理想の彼氏像を思い浮かべようとしても輪郭がぼやけてしまう。だけど、深く考えるのはやめた。とりあえず願うだけ願っておこう。

神職さんの手もとを凝視し、「彼氏がほしい。彼氏がほしい」と心の中で念じてみる。暗示にかかりやすいあたしは、念じているうちにだんだん本気っぽくなってきた。

「よし」

書き上がった御朱印帳を受け取り、胸に抱く。まだ乾いていない墨の香りがほのかに鼻《び》腔《こう》をくすぐる。

目的は達成した。そんな晴れやかな気分だ。

江島神社はここ辺津宮と、山を登った先の中津宮《なかつみや》、さらに二つの山を越えて行く奥津宮《おくつみや》の三つを参るのが普通だが、今日はもう満足した。帰ろう。

そう思ってふと振り返った先に、とんでもない情景が広がっていた。

「……っ⁉」

女性が、奉安殿《ほうあんでん》という八角形の社の屋根に座っている。

高く結い上げた髪は艶《つや》やかな黒色、白銀にきらめくワンピースを着て、すらりとした足をむき出し、潮風を楽しむように振っている。

誰だとか、危ないとかよりも……。

——ヒトじゃない⁉

生まれてこのかた心霊現象やオカルトとは無縁だった。でも、不思議とわかる。目の前の女性は明らかに異質。彼女を取り囲む空気が輝いて、まるでそこだけ切り離された別世界のように見えた。

言葉を失ったまま見上げていると、その女性はこちらへ目を留めた。風が揺らぎ、彼女が笑ったのだと知る。

「ほう、人間。わらわが見えるのか」

神主《かんぬし》さんが振るお払いの鈴に似た、綺麗な高音が聞こえた。と思った刹那《せつな》、彼女は目の前に立っていた。いつの間に飛び降りたのか。音も気配もしなかった。

「気に入ったぞ。名はなんと申す?」

「……宇賀神羽美です」

答えるつもりなんてなかったのに、勝手に口が開いていた。しかも、命令されてもいないのに両手を下ろして〝気をつけ〟の姿勢をしている。

「ほう。白蛇の血を引く娘か。それはいい。わらわは弁財天、人間界での名は『蝶子《ちょうこ》』じゃ。そなたには特別にこの名で呼ぶのを許す」

白魚の手があたしのかさついた手に重なる。

きめ細やかな絹にひと撫《な》でされたみたいな感触で、心がとろけそうになった。足から力が抜けて、地面にへたりこむ。【蝶子】サマはころころと声を立てて笑いながら、あたしを助け起こしてくれた。

「よろしくな、羽美」

神サマに目をつけられたらどんなことが起こるのか——、そのときのあたしには、まだ想像もついていなかった。

第一章　宝戒寺と毘沙門天

江《え》の島《しま》からの帰り道は、なんだか夢を見ているみたいだった。自らを神サマだと名乗る蝶子《ちょうこ》に無理やり手をつながれて江《え》ノ電《でん》に乗った。彼女は家までついてきたところでふっと姿を消して――、本気で今、混乱している。

夢だったのか、現実だったのか……。

夜になってやっと人心地がつき、バッグを開いた。スマホを見ようとして中身の違和感に気づく。

「いっけない、忘れてた」

バッグの中にはピンク色の御朱印帳のほかに、黒い御朱印帳が入っていた。

弁天橋《べんてんばし》で拾った誰かのだ。江ノ島駅の交番へ届けるつもりだったのに。弁財天《べんざいてん》蝶子サマのインパクトが強すぎて、すっかり頭から抜け落ちていた。

彼女は本当に神サマだったの？

つながれていた手を見つめる。

しっかりと感触が残っている。きっと幽霊ではない。

ひょっとして雪女とかチュパカブラとかUMAだったとか……？　こわすぎる。

――でも。

〝いやなもの〟ではなかった。

それどころか神サマと呼ぶにふさわしい神々《こうごう》しさで、手をふれられただけで骨抜きになったくらいだ。

よくわからない。

また突然姿を現したりしないかな。そしたら、その時にもう一度本人に確かめてみよう。

ようやく気分を切り替え、スマホのカメラを起動する。黒い御朱印帳をパシャリと撮った。SNSへ投稿してみようと思いついたのだ。

『【拡散希望】黒の御朱印帳。江の島の弁天橋に落ちていました。心当たりの方は今夜中にリプお願いします！　DMも開放してます。＃御朱印帳　＃江の島　＃落とし物』

「これでよしっと」

シャワーを浴びて部屋へ戻ってくると、通知ランプが光っていた。花音《かのん》から「江の島行ったの？」という驚きのコメントが入っているほか、知らない名前からメッセージが届いている。ハンドルネーム【鎌倉《かまくら》】さんからだ。

『こんにちは。今日の午後、江の島で黒い御朱印帳を落としたものです。建長寺《けんちょうじ》・浄智寺《じょうちじ》・明月院《めいげついん》・江島神社《えのしまじんじゃ》の順で四つの御朱印があるか教えてもらえませんか？』

黒い御朱印帳にはたしかに四つの御朱印があった。建長寺と明月院、江島神社は確認できる。もう一つは達筆で読めないけど、言われてみればそのとおり浄智寺で間違いなさそうだ。

すんなり見つかったことに興奮して即座にメッセージを返す。

『その四つだと思います』

数分とおかず返信がくる。

『お手数ですが、念のためこちらの投稿内容を確認してもらってもいいですか？　御朱印の写真を載せているので、同じかどうか。あと、本アカもお知らせします』

【楠木《くすのき》】という本名らしいアカウントも教えてくれる。

まずは鎌倉さんを見てみる。タイムラインには寺院や御朱印の写真が上がっていた。手もとの御朱印帳と同一であると確認できる。

「写真、上手だな」

まるで旅行雑誌の表紙のごとく絶妙な角度から寺院を写している。写真好きか、神社仏闇好きか、はたまた鎌倉好きなのか。ハンドルネームが鎌倉だし、最後の可能性が高そうだ。

楠木さんのほうはというと、普段は鍵付《かぎつ》きアカウントなのを開けてくれたようだ。DMの言葉づかいといい、ちゃんとした人らしい。

プロフィールはシンプルだった。

『鎌倉学院高校　ＥＳＳ』

【鎌倉学院高校】は北鎌倉にある私立男子校だ。名門進学校でもある。ＥＳＳは部活名だろう。本人の書き込みはほとんどなく、大方が友人らしき男子生徒が投稿した内容の反映だった。

高校生だったんだ、意外。

御朱印集めは大人の趣味という先入観があった。自分もはじめておきながらなに言ってんだという感じだが。

同じ鎌倉市内の高校生が、と思えば親近感がわく。

指が自然と返事を送っていた。

『鎌倉の高校生なんですね。こちらもです。もしよければ、市内のどこかへ届けましょうか』

少しの間をおいて、遠慮《えんりょ》がちな返答がくる。

『そうしていただけると助かりますが、お手間ではありませんか』

ずいぶんと礼儀《れいぎ》正しい人だ。好感が持てる。

『大丈夫ですよ。江ノ電沿線なら定期もあるし、ちょうど鎌倉あたりへ出かける予定があるんです』

せっかく御朱印帳を手に入れたわけだし、夏休み中は御朱印集めにいそしむつもりだ。

相手は納得したようだ。

『そうですか。それではお言葉に甘えさせていただきます。夏休みなのでこちらはいつでも平気です。日程や時間、場所は合わせますので指定してください』

『それじゃ、明日午後一時半、鎌倉駅東口とか？』

『わかりました。よろしくお願いいたします』

とんとん拍子に決まる。不思議な高揚《こうよう》感に包まれていた。

そこへ、突如影が落ちる。

「鮮やかじゃな」

「わあ！」

思わず叫んで飛び退く。そこには弁財天蝶子サマがいた。

消えたり現れたり、やっぱり普通じゃない。ばくばくする胸を押さえた。

彼女は腕を組み、感心するようにうなずいている。

「『すまほ』という文明の利器じゃな。近くで目にするのははじめてじゃ。指をすべらせ情報を伝達するとはのう」

カタカナの発音が少しおかしい。

彼女はつつ……っと身体《からだ》をよせてきた。なぜかあたしは逃げられない。

「羽美《うみ》、わらわに協力せよ。よいことを思いついたぞ」

いやだと断りたかったのに、首を縦に動かしていた。

なんで……？

そういえば江島神社でも問われるままに名前を答えていた。詰め寄られると身体が勝手に反応してしまう。

彼女はころころと笑った。

「白蛇はわらわの眷属《けんぞく》じゃからな。逆らわぬものよ」

口に出したわけじゃない。心の声が読まれているみたいだ。

彼女が〝ヒトではないなにか〟だとは認識していたが、本当に神サマだと確信したわけじゃなかった。それが、だんだん信憑性《しんぴょうせい》を帯びてくる。

あたしは白蛇なんかじゃないし……。しかも、手伝うってなにを？

言葉に出さず訊いてみる。彼女はぴくっと肩を揺らした。やはりこちらの思っていることを読んでいる。

これまで彼女がまとっていたおおらかな空気が不穏なものへ変わった。

なにかマズイことを告げられるのかな。身構える。

「人間へわらわの力を正しく伝えたい。誤解されておるのじゃ。これを見よ」

どこから出したのか、手にポスターを持っていた。淡いピンク色の背景に、江の島の写真が印刷され、右側にはデフォルメされた天女と龍が、左側にはかわいらしいフォントで【えん結びの島♡江の島】と書かれている。

「今年の観光『ぽすたあ』じゃ。いい語呂《ごろ》合わせじゃろう」

はじめと終わりが韻《いん》を踏んでいる……ようだ。

よくみれば左下に小さく【江の島観光協会】と記されている。

「はあ」

なんで観光ポスター。

緊張していたため、拍子抜けした声が漏《も》れてしまう。

「見たことはあるか」

「ないですね。むしろ縁結びっていうか、逆の噂《うわさ》なら聞きました。江の島へ行ったカップルは別れると」

「それは根も葉もない嘘じゃ！」

彼女はこちらが引くくらい声を荒らげた。顔を真っ赤にして憤怒《ふんぬ》の表情を浮かべている。

「わらわは財宝と戦勝と芸術を司《つかさど》る神ぞ。縁切りなぞするものか！　低俗な噂を流して『きゃんぺえん』の邪魔をしたやつがおるのじゃ」

カップルにネガティブな情報が流れたせいで、ポスターが貼り出せなくなったということか。たしかに、今の状態で【縁結び】のワードは自虐《じぎゃく》的ですらある。

「さあ羽美、『すまほ』に正しい話を書いて流すのじゃ。全世界へわらわの力を広めよ！」

「あたしのSNSじゃ、あんまり影響力ないと思うんですけど……」

促されてスマホへ指を走らせる。

「『弁財天の本当の御利益《ごりやく》は財宝と戦勝と芸術』っと」

いつの間にか、画面を食い入るように見つめてくるこの人を正真正銘《しょうしんしょうめい》の弁財天サマなのだと受け入れていた。

「『だから、江の島へカップルで行くと別れるというのはデマ』……っと。これでいいですか、弁財天サマ」

「蝶子じゃ」

「えっと、はい、蝶子さん」

「さんはいらぬ」

「……蝶子？」

「よかろう」

満足げにうなずかれる。

すごいぞ。神サマと親しくなれた。

ふと、思い当たって顔を上げる。

「ひょっとして、お手伝いをする代わりに願いごとをかなえてもらえたりするんですか」

蝶子はそれまでの親しげな雰囲気《ふんいき》を引っ込め、ぴしゃりと言い放つ。

「欲深いことを申すでない」

ですよね。言ってみただけです。

「じゃがな、わらわは現世利益をもたらす七福神《しちふくじん》の一員ぞ。きっとよいことが起こるであろう」

しかも、適当にあしらわれた。

でも、なんか楽しくなってきたのもホントだった。

☆　☆　☆　★　☆　☆　☆

翌日、あたしは鎌倉駅へ向かった。

蝶子はいない。昨夜ＳＮＳに流した弁財天の御利益情報に全然反応がなかったので、落ち込んで姿を消してしまったのだ。

鎌倉駅は、平日の昼下がりとはいえ混雑していた。

スマホを開き、楠木くんへ駅到着の連絡を入れる。

『着きました。目印にピンクの御朱印帳を持って立っています』

服装も知らせたほうがいいかな。

今日の格好は、白無地のパフスリーブTシャツにデニムのショートパンツ。暑さ対策でシンプルにした。肩より長い髪は襟足《えりあし》の日焼けを防ぐために垂らしている。

打ち込んだのと同時に向こうからも返事がきた。

『こちらも到着しています。目印に制服で来ました』

もう来ているらしい。少し緊張して辺りを見回す。年輩の女性グループや若い男女、見知らぬ制服姿の女子高生、外国人などであふれかえっている。

「ねえ、あそこにいる人、まじイケメンじゃない?」

近くで待ち合わせをしているらしい女子高生の会話が聞こえる。

「黒メガネがちょっとアレだけど、外したらヤバそう」

「背も高いし、モデルじゃん? 着てるのってどこの制服?」

「鎌学だよ。めっちゃ頭イイとこ。イケメンだけど隙《すき》がないってか、話しかけづらそうな人だね」

「誰と待ち合わせしてんの? 彼女?」

「モデル仲間のイケメンかもよ」

もしかしたら。

気になって彼女らの視線を追う。改札横のコンビニの前にすらりとした長身の男の子がいた。漆黒《しっこく》の短髪に黒ぶちメガネ。白のポロシャツに黒のズボン姿は、たしかにホームページで見た鎌倉学院の制服だ。

あの人が楠木くんかも。

じっと観察してみる。

彼はうつむいてスマホを操作している。スタイルはいいかもしれない。でも、イケメン具合は残念ながらあたしには不明。

だから、服装や雰囲気で判断してしまうけど、彼は女子高生たちが上ずった声で語るほどのキラキラみは感じられない。どちらかというと地味な印象を受ける。物静かで我慢強く誠実……、そんな感じ。でも、きっと興味のあることには研究熱心だったりする。たとえば、SNSでこだわりぬいた構図の写真をあげているところとか。

ともかく、ぴしっと着こなす制服姿が彼の硬そうな雰囲気を助長させている。

イケメンかあ……。みんなはどんなふうに見えているんだろう。理解できないからあたしはダメなんだよね。

「彼氏がほしい」だなんて願ってはみたものの、とうていかなう気がしない。

「！」

と、スマホがふるえた。メッセージが届いている。

確認しようと視線を落としたとき、心地よい低音に呼びかけられた。

「UMIさんですか」

「はっはい」

顔を上げた先には、さっきの彼がいた。

やっぱりこの人だったのか。

「ちょっとお」

　隣にいた女子高生たちがざわめいた。こちらを見ている。

　男子高生は顔を伏せ、ささやくように言う。

「少し移動していいですか」

　背を向けた彼をあわてて追いかける。「あ、行っちゃう」という悲鳴が後ろから上がったが、彼を見失ってしまうので振り向けなかった。

　人混みを抜けたところで彼は立ち止まる。そして、頭を下げてきた。

「さっきは申し訳ありませんでした。改めまして、楠木です。わざわざ届けてもらってありがとうございます」

「いえ……」

　バカ丁寧《ていねい》に礼をされると恐縮してしまう。いかにも名門の男子高生という感じがする。

　あたしは肩掛けカバンから手探りで黒い御朱印帳を取り出した。

「合ってますか？」

　中身を確認した楠木くんは、ほっとしたふうに息をついた。

「これです。ありがとうございます。なんとお礼を言ったらいいか」

「あの……、そんなにかしこまらないでもらえると助かります。あたしも高校生なんです。海浜《かいひん》高校一年で」

楠木くんはぱっと顔を上げた。

「七里《しちり》ガ浜《はま》の？　俺、近所。しかも同学年だ」

「わ、偶然」

よそよそしかった空気が薄れた。こちらも自己紹介をする。

「あたしは宇賀神《うがじん》羽美。昨日たまたま寄った江の島でその御朱印帳を拾って、おもしろそうって思って。御朱印を集めてみることにしたの」

「じゃあ、御朱印仲間か」

仲間。いい響き。

夏休み早々ぼっちを自覚させられたあたしの胸に、じんとしみた。

「宇賀神さん……って、銭洗《ぜにあらい》弁財天の関係者？」

弁財天の名前を出され、周囲へ視線を走らせる。ついてきてはいないようだ。ってことは。

まさかこの人、蝶子を知っているの？

「なんで」

ばくばくする胸を押さえて聞く。彼は首をかしげた。

「ごめん、違った？　あそこ、正式名称『宇賀福神社《うがふくじんじゃ》』っていって蛇神の宇賀神を祀《まつ》っているから」

「はじめて聞いた……」

でも、蛇神は知っている。ひいおばあちゃんから聞いたうちの名字《みょうじ》の由来だ。うち自体は銭洗弁財天と直接の関係はないけど、なんらかの関わりはあるのかもしれない。

そういえば、昨日蝶子も「白蛇の血を引いている」とか、「眷属《けんぞく》だ」とか言っていた。

「調べてみたらおもしろいかもね」

「俺も調べたことあるよ。楠木正成《まさしげ》の子孫じゃないかって。違ったけど」

「……って、誰?」

「………ごめん、忘れて。それより、今日はどこの御朱印を集める予定?」

ちょっとビミョーな空気が流れたけど、華麗《かれい》に話題を変えられる。

特につっこんで聞きたい話でもなかったので、あたしも切り替えた。

「鶴岡八幡宮《つるがおかはちまんぐう》へ行こうかなって。楠木くんは?」

「宝戒寺《ほうかいじ》」

知らない寺だ。

「どこにあるの?」

「鶴岡八幡宮のそばだよ」

「じゃあ、そこまでついていってもいい?」

せっかくだもの。旅は道連れ世は情け。

あたしたちは一緒に行動することになった。

鶴岡八幡宮へまっすぐ続く大通りの若宮大路《わかみやおおじ》を横切った。花が美しい大巧寺《だいぎょうじ》の庭を通り抜け、住宅街へ出る。

「こっち方面は来たことないかも」

もの珍しくてきょろきょろしてしまう。電車で一本の距離に住んでいるくせに、案外ちゃんと観光した経験はないものだ。友人たちと小町通《こまちどお》りの雑貨屋をのぞいたり、若宮大路でスイーツを楽しんだりはしても、神社仏閣へは行かない。せいぜい鶴岡八幡宮に参拝したぐらいだ。

「ね、宝戒寺ってどんなお寺?」

一歩前を歩く楠木くんに問いかける。

「萩寺《はぎでら》って呼ばれる、白い萩が綺麗《きれい》なお寺だよ」

「楽しみだな」

「いや、ごめん。言い方が悪かった。萩はまだ咲いてない」

そういえば萩は秋の七草だって生物の先生が言ってた。

「そっかあ。それでも、わくわくするけど。どんな御朱印もらえるかな」

前を行く速度が緩《ゆる》まる。彼は振り返って教えてくれた。

「ご本尊の地蔵尊か毘沙門天《びしゃもんてん》のがあったと思うよ」

「地蔵尊ってお地蔵さん？　毘沙門天はなんか聞いたことがあるような」

「道端にある円《まる》いフォルムのお地蔵さんとは見た目が違うけど、同じ神だよ。毘沙門天は別名多聞天《たもんてん》。七福神の一員って言ったほうがわかりやすいかな」

すらすらと答えられておののく。

詳しい。趣味に対してもきっちりしてる。初見から受けた印象そのまんまじゃん。

「真面目《まじめ》か！」

「え」

「ていうか、親切だよね」

適当に受け流さず、きちんと全部答えてくれるとか。

「そういう評価ははじめてかも」

意表をつかれた様子で目をみはる楠木くん。

いやいや。あたしのほうがびっくりだよ。真面目・親切以外のなんなのさ。

「ちなみに、普段はどういうふうに見られるわけ？」

「取っつきにくいとか、なに考えてるかわからないって言われるかな。見た目に隙《すき》がないとかも」

見た目ねえ。

目を細めて彼を凝視する。

たしかに、お堅いと思った。名門校の制服補正もあるだろうけど、きちんとしていて優等生っぽい。でも、お互いに鎌倉市内の同級生とわかって、さらに御朱印仲間だって話してみたら、案外親しみやすかった。こちらの気軽な質問にぽんぽんと答えてくれたのも好印象だし。

……実は見た目が強面《こわもて》だったりするとか？　でも、駅で女の子たちは彼をイケメンと評していた。〝隙がなくて話しかけづらいイケメン〟ってのは、芸能人みたいに綺麗で近寄りがたいという意味だろうか。

まあ、昔から〝人は見かけによらない〟と聞くし、顔なんかどうでもいい。ましてや人の顔が区別つかないあたしには表面的な見た目の印象なんて関係ない。

首を傾《かし》げてこちらを見ている彼は、あたしの評価にまだ納得できていないっぽい。

「もしかして真面目って言われるのいやだった？　悪い意味じゃないよ」

親切のほうが引っ掛かっているとは思えない。

「いや、ちょっと面食らってただけ。珍しくていいかもしれない」

「そうなの？　なら、いっか。——あ、あそこ？」

前方にカメラを構えている観光客のグループを見つけた。写真を撮り終えると細い道の奥へ吸い込まれていく。

「うん。あの小路を入って行った先」

背の高さほどある萩が生い茂る小路がある。まるで緑のトンネルのようだ。奥に寺の入り口があるらしい。

わくわくしながら進んだ。黄緑色の丸い葉に腕や足をなでられると、くすぐったい。すてきな雰囲気《ふんいき》のお寺だな。なんで今まで知らなかったんだろう。

と、軽い足取りで進むあたしの腕を、突然つかんでくる人がいた。

「待つのじゃ！」

頭にきんと響く甲高《かんだか》い声。蝶子だった。

「びっくりした！　本当に神出鬼没だね」

彼女は脳天から湯気を立ち上らせている。

「行ってはならぬ。『ゆうたあん』して立ち去るのじゃ」

「なんで?」

呪われるとか?

神サマに必死に止められたら不安になる。

先を行っていた楠木くんがこちらに気づいて戻ってきた。

「誰と話しているの?」

「えっ、あ……、見えない……?」

蝶子と楠木くんを交互に眺め、事態を把握《はあく》する。彼にはあたしが独り言をつぶやいているようにしか見えないのだ。

どうやって説明したらいいの?

蝶子はこちらの事情にはかまわず、語気を強める。

「ここにはいけ好かないやつがおるのじゃ!　絶対に関わってはならぬあぶないやつなのじゃあああ」

「あぶないやつとは、聞き捨てならねえな」

突如、寺の門のほうから強烈な光が差した。

いや、ホントに。振り返ったら目がつぶれるんじゃないかってほどまぶしい金色の光に包まれる。

またもや〝ヒトではないもの〟が現れたのだと肌で感じた。

蝶子は怒りにわなわなとふるえながらあたしの背後を指さす。

「現れおったな、毘沙門天め」

「人間の姿してるときは『典龍《てんりゆう》』って呼べっつったろ？　蝶子、久しぶりだな」

「久しぶりなものか！　ちょこちょこわらわの邪魔をしおってからに！」

「邪魔ぁ？　ちげーだろ、仲よくしてんじゃねーか。本当は俺様に会えてうれしいくせに」

「誰がっ！」

光が徐々に薄れてきたので、こわごわと振り返ってみる。

そこにはひときわ背の高い青年が立っていた。小顔で赤のインナーにライダースジャケットを羽織《はお》った立ち姿はモデル並みに見栄えがいい。まるで大輪《たいりん》の薔薇《ばら》を背負っているかのごとく華々しい空気を放つ。

蝶子と並ぶとまさにこの世のものではない絢爛《けんらん》さだ。

「宇賀神さん？」

あまりの光景にめまいを覚えていると、楠木くんが再び訝《いぶか》しげに呼んでくる。

「あああ、これはね、その……」

困った。無視して先に進もうにも、蝶子たちの存在が大きすぎてとても無視できない。

「なんだそいつは。蝶子の連れか？」

ひー、こっち見た！

典龍と名乗った神に視線で射《い》すくめられ、縮み上がる。

「ずいぶんチンケな小娘だな、おい。そんな小娘をそばに置いてなにが楽しい？　俺様にしとけよ」

「羽美はわらわの眷属じゃ。悪く言ったら許さぬぞ」

「……っ。なんだよ。隣にいる男のほうが見目麗《みめうるわ》しいじゃねえか。小娘がお前の眷属ってなら、俺様はそっちをもらうぜ」

あっと思ったときには遅く、楠木くんは典龍の放った光に包まれていた。

「ちょっと！　やだ、死んじゃう⁉」

「アホか、死なねえよ。俺様の手下にしてやっただけだ」

「手下⁉　やめてよっ」

わけわかんない！

光はやがて霞《かすみ》のごとく散る。中央で楠木くんはぼんやりしていたけど、はっと直立不動になった。

「えっ、誰⁉」

男たちを指してのけぞる。

どうやら見えるようになったらしい。

なんてこと。被害者が増えてしまった。

あたしはやれやれと肩を落とす。とりあえず説明するしかない。

「神サマたちだよ……。弁財天と、毘沙門天って言ってたかな」

言葉に乗せたら思い出した。毘沙門天は宝戒寺に祀《まつ》られている神サマだ。

あたしたち人間を挟んで立つ蝶子と典龍は、凄《すさ》まじい威圧感を放ちにらみ合っている。

「にっくき典龍よ、ここで会ったが五十六億七千万年目じゃ」

「長ぇよ」

「いざ、尋常《じんじょう》に勝負」

めきめきというペットボトルがつぶれるような音がした。振り仰《あお》げば、蝶子の白いワンピースが肩のあたりから破れ、新しい腕が生えてきている。

「ぎゃーっ」

思わず叫んで飛び退く。

生えてきた腕は二本どころではない。にょきにょきと増え、八本になった。しかも、それぞれの手に物騒な武器を握っている。

「一面八臂《いちめんはっぴ》、本当に弁財天なんだ……」

楠木くんは啞然《あぜん》としている。目の前で繰り広げられる非現実的な光景を、あっさりと受け入れた――わけではないだろう。完全にあっけに取られているだけだ。

「覚悟じゃ！」

蝶子の叫びに典龍は指を鳴らした。装《よそお》いががらりと変わる。時代劇で見た甲冑《かっちゅう》、兜《かぶと》を身につけ、右手に長い鉾《ほこ》を持っている。まさに、武勇神といった出《い》で立《た》ちだ。

張りつめた空気を切り裂き、蝶子が相手の懐《ふところ》へ飛び込んでいく。深い殺気が身体《からだ》を覆《おお》い、まるで全身が鋭い刃物に変わったみたいだ。

「おもしれえ！」

背後に飛び退いた典龍は鉾の切っ先を手前へ向ける。鮮やかな一撃を繰り出し、蝶子は寸前でかわす。

同時に二柱《ふたはしら》は奇声を上げて互いの武器で斬《き》りかかった。息をつく間もなく渡り合い、巻き添えになった萩《はぎ》の葉が宙を舞う。

蝶子は胡蝶《こちょう》のごとく繊細《せんさい》かつ華麗《かれい》な身のこなしで、狭い小路を右へ左へ移動する。典龍は強靱《きょうじん》でありながら俊敏な攻撃を繰り返す。剣と鉾が幾度となく撃ち合い、燦爛《さんらん》と火花が飛んだ。

やはり神サマたちにも男女の体力差はあるのか、疲れを知らない典龍の動きに蝶子はしだいに受け身となっていった。じりじりと背後へ下がる。そこには寺の説明書きの立て看板があった。

「蝶子……っ！」

ぶつかる。

叫んだあたしの声に、典龍のほうが一瞬動きを止めた。

あれ、と思う。彼女を傷つけるつもりなら、今が絶好のチャンスなのに。戸惑うだなんてどうして。

反対に蝶子はその隙《すき》を見逃さなかった。八本の手を同時にばらばらの方向へ振り下ろした。典龍の正面、右側面、左側面、足……、武器がしなって襲いかかる。どれだけの力が込められたのか、鎧《よろい》が破れた。刃先が皮膚《ひふ》を傷つけることはなかったようだが、彼は無惨《むざん》な姿となった。

「くっそ！」

典龍が神経を高ぶらせる。必死の閃光《せんこう》が繰り出され、それを蝶子はすれすれのところでよける。鉾は背後の看板を粉々に砕《くだ》いた。

「きゃーっ、危ない」

少し離れた場所から、人々の叫び声が上がる。

新たな観光客がそこにはいた。

失念していたけど、二柱は切り離された別空間で戦っていたわけではない。あたしたち以外に姿は見えなくとも、異様な空気は伝わるだろうし、現に怪奇現象が起きてしまっている。

「どっどうしよ、あたしたちが変なんだと思われてるよ」

「とにかく、止めよう」

楠木くんが硬い声で言った。

「毘沙門天も弁財天も、もとはインドの武勇神だ。このままじゃもっと被害が出る」

「うん」

煮えたぎる怒りの中にいる二柱のあいだへ割ってはいるのはこわいけど、このままにはできない。

勇気を振り絞《しぼ》って声を張り上げた。

「ストーップ！」

隣で楠木くんも加勢してくれる。

「お二人が神ならやめてください。関係のない人間が怪我《けが》をします」

「周り見てよ。看板なんて木っ端《こっぱ》みじんだよ！」

二柱は動きを止め、ゆっくりと辺りへ視線をやった。そして、沈黙する。

まずいとわかったらしい。

六本の腕が消え、蝶子はもとの人間に近い姿へ変わる。典龍もすっかり人間っぽい装いに戻っていた。

思わず夢中で叫んでいたけど、はっと気づいて振り返る。そこには異様なものを見るまなざしをこちらへ注ぐ観光客の姿が。

もっと小声で仲裁《ちゅうさい》するとか、さりげない言い方をするとか、気をつけるべきだった！

「あ……、えっと、その」

口ごもるあたしの横で楠木くんがあわてたふうに続ける。

「映像部の撮影です。お騒がせしてすみません」

「そう！　今すぐ片づけますんで。……ほら、神サマたちはちゃっちゃと捌《は》けて」

声をひそめて二柱を促し、小路の端へ寄る。

観光客たちは壊れた看板をこわごわ眺めながら、寺の中へ入っていった。

「小娘、よくも止めてくれたな」

いったんは鎮《しず》まったと思ったのに、典龍が低い声で脅《おど》してくる。

「羽美に手を出すな。そなたそれでも神か」

すかさずかばってくれた蝶子を見て、典龍は舌打ちをする。

「そんな人間ごときが大事かよ。おまえの趣味、マジでわかんねえ」

凄《すご》んでくるのはやめてくれたが代わりにとんでもないことを言い出した。

「勝負がつかねえと胸くそわりい。止めたからには、てめえら落とし前つけろよ」

再び鉾を具現化させる。それを楠木くんへ押しつけた。

「俺様の代理で小娘を殺《や》れ」

「無理ですよっ！」

当たり前だが楠木くんは即座に拒否した。

「なんとかしてよ」

すがるまなざしを蝶子へ向ける。

しかし、きょとんと首を傾《かし》げたのもつかの間、彼女は目を輝かせて手を打った。

「代理戦争か。よいな。そなたも殺るがよい。わらわの剣を貸与しよう」

「いらないからっ。神サマってもっと平和的な存在じゃないの⁉」

「平和的？　わからぬ。人間だったらどうやって勝負をつけるのじゃ」

「え、ええと……、かけっことか、綱引《つなひ》きとか？」

しどろもどろに答える。勝負なんて体育祭くらいしか思いつかない。もっとましな答えはないのかと却下《きやっか》されると思ったが、

「わかった、それでよいぞ」

あっさりと承諾《しょうだく》される。こっちは拍子抜けだ。

とはいえ、もう一柱は納得しないでしょ……。

だが、まんざらでもなかったのか、彼まで乗っかってくる。

「ただ走るだけじゃ能がねえなあ。なにか条件をつけ加えようぜ」

「こういうのはどうじゃ。『すたあと』はここ宝戒寺、『ごうる』は隣の鶴岡八幡宮で、今から言う七つの神社仏閣の御朱印を集めるのじゃ」

宝戒寺、妙隆寺《みょうりゅうじ》、本覚寺《ほんがくじ》、長谷寺《はせでら》、御霊神社《ごりょうじんじゃ》、浄智寺、鶴岡八幡宮、と指を折って数えながら告げられる。

「鎌倉七福神ですか」

「その通りだ将《たもつ》。賢いな」

「え……、なんで俺の名前」

下の名前を典龍が当てたらしい。そういえばあたしも知らなかった。

えらそうに胸を張って典龍は言う。

「俺様は神サマだからな。将の由来は俺様の別名『多聞天』だろう。少し前にもいたなあ。楠木正成。あいつも俺様にあやかって多聞丸《たもんまる》って名前だった。モテる神はつらいぜ」

楠木正成ってどこかで聞いた名前だ……。

しかし、すっかり悦《えつ》に入《い》っている典龍は人間たちのことなんてどうでもよさげであり、つっこめなかった。

咳払《せきばら》いをして仕切り直したのは蝶子だ。

「御朱印は本来、納経《のうきよう》の証《あかし》として授けたものじゃ。言うなれば神と縁を結んだ神聖な印。『すたんぷらりい』とは違うと心得よ。簡単には集められぬ」

「具体的にはどうすればいいの？」

「秘密じゃ。わらわは仲間らへ手を回し、どちらか一方しかもらえぬように仕組んでおく。より多く御朱印を集めて『ごうる』へ戻ってきたほうが勝ちじゃ」

なるほど。難しそうな気がしてきた。

「羽美、わらわのために頑張るのじゃぞ」

「まだやるって言ってないんだけど……」

とはいえ、断れない雰囲気《ふんいき》になっていた。ちらりと楠木くんの様子をうかがう。

「武器で戦わせられるよりはましじゃないかな?」

肩をすくめて言われる。

たしかにその通りだった。

「人間ども、俺様がいい条件を加えてやろう。勝負に勝ったほうの願いをひとつだけかなえてやるぜ」

「え、それって、なんでも……?」

「神に二言《にごん》はない」

自信満々な様子が頼もしい、なんて不覚にも思ってしまった。はちゃめちゃだけど、やっぱり典龍も神サマなのだ。

「とりあえず、参拝しようか」

一番冷静な楠木くんに促される。蝶子を見ると彼女は首を振った。一緒には寺へ入らないらしい。典龍はというと、「またな」と先に戻っていった。

拝観料を支払って本堂へ向かう。萩がさやさやと生い茂る境内《けいだい》は夏の暑さを忘れるほどさわやかで清々しい場所だ。

靴《くつ》を脱いで板の間へ上がる。本堂は中央と左右の小部屋に分かれており、正面のご本尊が優しい面《おも》もちの地蔵尊、左手の小部屋の三体のうちの一体が、例の毘沙門天像なのだと教わる。

仏像といえば、やわらかい絹地の衣を肩へかけたイメージが強かったが、毘沙門天像はだいぶ違う姿をしていた。肩幅は広く強靭《きょうじん》そうで、立派な体躯《たいく》にいかめしい甲冑をつけている。おまけに武器らしい長い棒を握ってこちらをにらみつけてくる。逆らってはいけない雰囲気を醸《かも》し出していた。

——祈っとこ。

あたしは隣の楠木くんにならって見よう見まねで手を合わせた。

「御朱印もらおうか」

「うん」

御朱印帳を握りしめ、列へ並ぶ。

二人のうちどちらかしかもらえないって言ってたけど、どういうことだろう。今は自然と譲《ゆず》られて、あたしが前に並んでいる。順番がきたらじゃんけんでもさせられるのだろうか。

……あ。

スマホがカバンの中でふるえている。見れば、お母さんからの着信だった。

「ちょっと外すね」

さすがに本堂で電話を取るわけにはいかず、いったん出る。靴を履《は》きかけたところで、着信は切れてしまった。

すぐにかけ直すが、出ない。

なんでよ。用があって電話したんじゃないの？

長く鳴らしても、何度かけ直しても、いっこうに出てくれない。仕方ないからあきらめて、本堂へ戻った。楠木くんの後ろにはすでに三人ほどの観光客が並んでおり、元の場所には戻れなくなっていた。

もしかしてあたし、もらえないの？

ちらりと不安がよぎるものの、すぐに頭を振って否定する。

いやいや。並んでいれば大丈夫でしょ。

楠木くんの番が来て、彼は無事に御朱印をゲットして戻ってきた。

「庭のあたりを散策して待ってる」

先に出て行く彼の背を見送った。

待ってればあたしだってもらえるはず。すぐに追いかけるよ。

だけど、あと一人というところで、どうしてもトイレに行きたくなってしまった。

どうしよう。我慢できる？　いや、できない。

「すみません、お手洗いはどこですか？」

通りかかった作務衣《さむえ》姿の僧侶《そうりょ》にたずねる。

「入り口の向かいの奥ですよ」

「ありがとうございます」

ダッシュで向かった。

無事に目的を遂《と》げてほっと一息。手水鉢《ちょうずばち》で手を洗う。

そのとき、小脇に抱えていた御朱印帳がつるりと滑った。

「ああっ！」

水しぶきを上げ、ピンクの表紙が手水鉢にダイブする。

あわてて拾い上げたものの、すっかり和紙部分が水を含んでしまった。

「嘘でしょ……。これ、書けるのかな」

和紙だから乾けば問題はないはずだが、濡れたまま書けば墨《すみ》がにじんでしまう。

これじゃ御朱印をもらえない。

落ち込みながらトイレから出てくると、なんと目の前に典龍が立っていた。こちらを見てにやにや笑っている。

まさか。

「なにか仕組んだの?」

「さあな。てめえが俺様と縁を結ぶに値しなかっただけじゃね。ここではもう無理だ。あきらめて次行けよ」

確信した。意地悪されたんだ。

悔《くや》しい!

次の御朱印は必ずあたしがゲットするんだから。

第二章　妙隆寺と寿走人

あたしは駆け足で楠木《くすのき》くんを探す。彼は宝戒寺《ほうかいじ》の境内《けいだい》を散策していると言っていた。

さわやかな夏風の吹く境内は縦長に広い。寺院の中なのに隅には小さな鳥居が立っていたり、柄杓《ひしゃく》で水をかけると澄んだ音色が楽しめる水琴《すいきん》があったりする。楠木くんの姿は見つからない。

「どこ行ったのかな」

本堂の左手に生い茂った白萩《しらはぎ》に閉ざされた小道を見つけた。茂みはあたしの身長よりも高く、向こう側が見渡せない。

「なんか、異世界にでもつながりそう」

萩の葉をかき分けて進んでみる。ぽっと開けた視界の先には青々とした大きな木があった。その木を振り仰《あお》ぐように楠木くんが立っている。ぼんやりとしたまなざしが、一瞬、あたしの目には疲れているように見えた。

「──立派な木だね」

声をかけると、彼は振り向いた。

「無患子《むくろじ》の木だって」

「ムクロジ？」

「患《わずら》うことが無いって書くらしいよ」

ほら、と示された先には説明書きの看板があった。

「へぇ……、霊験《れいげん》あらたかそうだね」

いかにもお寺の木という感じがする。

「御朱印もらえた？」

訊かれて、はたと我に返った。

そうだった、のんびりしている場合じゃない。あわてていた気分が一気に戻ってくる。

「次でもらうよ！　どこだっけ⁉」

突然テンションを上げたあたしに面食らったらしく、彼は後ずさりする。

「妙隆寺《みょうりゅうじ》じゃなかった？」

「了解」

スマホを開き、地図検索をする。どうやら駅から宝戒寺まで来る途中の道にあったらしい。

　迷わず行けそう。

　急《せ》いた気持ちをそのまま楠木くんへぶつける。

「今度はあたしがもらうからっ」

「待って」

　制止の声を聞かず、走り出す。ふと思い出して、水に濡れた御朱印帳を開いた。一ページくらいなら、開いたままにしておけば夏の暑さで乾くだろう。

　道幅が狭くて車通りの多い道を行く。向かってくる観光客が邪魔をしてなかなか思うとおりに進めない。

　折り悪く信号までもが赤になってしまい、その場で足踏みをする。先に駆け足で出発したアドバンテージはあっけなく埋まり、普通に歩いてきた楠木くんに追いつかれた。

「そんなにあわてなくても……」

　あきれた口調で言う彼を、きっとにらみつけた。

「だって、次こそは手に入れたいもん。七福神《しちふくじん》の御朱印は七個しかないんだから、先取されたら不利じゃない」

「勝ちたいの？」

「うん」

早く信号、変わらないかな。

「そんなにかなえたい願いがあるの？」

「そりゃね、いくらでもあるよ」

「たとえば？」

いくらでも、と言いつつも具体的に問われると詰まってしまう。

えっと。なんだろう。あ、そうだ。

「彼氏がほしい」

「へえ。好きな人、いたりするの？」

一瞬、固まってしまった。

「……そういうわけじゃない」

信号が青になったけど、動き出せない。

勝負にやっきになって盛り上がっていた気分がしぼんでいく。

彼氏。

ほしいけど、それだけ。

好きな人ってなに？

そもそも、彼氏って？　あたしはどんな人が好きなんだろう。

具体的なイメージがまったくわかない。

薄っぺらいなあ。

ヒトの顔が区別できないからダメなんじゃない。自分のことが見えていないんだ。

この話題はヤメヤメ。

「楠木くんはあるの？　願い事」

自分の問題は棚上《たなあ》げして彼へ振る。

かすかな唸《うな》りが聞こえた。

「あるような、ないような」

こちらはこちらでビミョウだ。

ふと、彼がどんな表情をしているのか気になった。

見れば、道路を行く車のほうへ顔を向けてぼんやりしていた。さっきもこんなふうに無患子の木を見上げていたのを思い出す。

……もしかして、悩みでもあるのだろうか。

それきり会話はとぎれてしまった。

短い青信号は再び赤へ変わる。あたしたちは前後に並んでもう一回信号待ちをした。

「どういう意味なの?」ってつっこみたいけど、物憂《ものう》げな雰囲気《ふんいき》に尻込みする。なにか大切な願いがあるなら勝ちを譲《ゆず》ってあげたほうがいい……?

こちらの願望なんて、トレーシングペーパーよりもぺらぺらなものだ。さっきは典龍に意地悪されてかっとなったものの、落ち着いて考えてみればやっきになって勝負する必要はない。

いやいや、でも待って。

シリアスな悩みがあるかも、なんて単なるあたしの妄想だ。そもそも、もし彼が勝ちたいなら、あたしなんか押しのけて我先に次のお寺へ向かうはず。背が高く足も速そうだから、ぶっちぎりで引き離せるだろう。

深く考えるのはやめた!

勝負は勝負だ。

こぶしを握りしめ、気合いを入れ直す。そもそもあたしは物事をあまり深刻にとらえない性質《たち》なのだ。

次の青信号と同時に再び早足で目的地へ向かった。

交差点を過ぎてからは人通りが少なくなった。道路の両脇には閑散《かんさん》とした住宅街が連なる。鎌倉《かまくら》市には景観を守るための条例があり、建物の色合いや高さ、形なんかが決められているため、落ち着いた雰囲気でまとまっている。そのせいなのか、ずいぶんと辺りが静かに感じられた。

「……あれ」

ふと見上げたすぐ近くの家は雨戸が下りている。真夏のこんなにいいお天気の昼間なのに。なぜか隣の家もだ。さらにその次の家も――。

夏休みだから家族そろって出かけている……ということもあるだろうが、近隣の家すべてがそろって不在だなんて不思議だ。これではまるでシャッター街ではないか。

なんとなく腑《ふ》に落ちない気分を持て余しながら歩く。ともすれば通り過ぎてしまいそうな小路の奥に妙隆寺はあった。

石畳《いしだたみ》が五枚並べて敷き詰められた細い参道と青銅色の屋根をした山門がある。門の外端に【鎌倉七福神】という白い幟《のぼり》、内側に【寿老人《じゅろうじん》】と書かれた赤い幟が立っていた。白芙《しろふ》蓉《よう》の豊かな茂みと赤い花を咲かせたサルスベリの木に挟まれるようにして、奥に本堂が見える。隠れ家のごとくひっそりとした雰囲気ながらも日当たりがよく、いつまでもここにたたずんでいたくなる心地のよい場所だ。

御朱印授与所の案内書きを見つけ、まずはそちらへ向かった。

今度は先にもらうんだもんね。

広げたまま持ってきたピンクの御朱印帳は字がにじまない程度には乾いている。準備万端だ。

「おい」

後ろからカバンをつかまれた。見れば、子供が立っている。

十歳くらいの男の子だ。背の高さはあたしの胸くらい。髪は柔らかい猫っ毛で、毛先があちらこちらへ流れている。目にまぶしい黄色のサロペットを着ており、そこばかりへ意識が向いてしまう。

近所の子だろうか。それとも迷子？

辺りを見回して親の姿を探す。境内にはあたしと男の子、そしてちょうど山門をくぐり抜けたばかりの楠木くんの姿しかない。

「なにかな」

できるだけ優しい声で問いかける。

男の子は両手を腰へ当てた。胸をそらせ、鼻をふんっと鳴らす。

昔なにかの本で見た神サマみたいにえらそうだな。

「参拝しないで御朱印をもらおうとは厚顔無恥《こうがんむち》だな」

「は……、厚顔無恥？」

およそ子供とは思えない語彙《ごい》だ。

男の子は大げさなため息をつく。

「知らないのか。ずうずうしくて厚かましいという意味だ」

「いや、わかるけど」

「け・れ・ど。言葉を略すな。それから、『けれど』の後には逆説の文がつながるものだ。なにを続けるつもりだったのか」

「別に……、なにも」

「面従腹背《めんじゅうふくはい》。おおかた文句だろう。まったく、今時の若いものはどうしようもない」

あたしが〝若いもの〟ならあなたは子供では……？

しかし、頑固な老人を相手にしている気分になって逆らえない。

「宇賀神《うがじん》さん、御朱印もらわないの？」

本堂へのお参りを終えた楠木くんが黒い御朱印帳を取り出しながらやってきた。あたしはあわてて授与所へ行こうとしたんだけど、やはり男の子にとおせんぼされてしまう。

「参拝が先だろ」

力ずくでこの子をどけるほどあたしも鬼畜じゃない。

「わかったよ。お参りすればいいんでしょ」

「ああ。俺が特別に作《さ》法《ほう》を教えてやる」

男の子はあたしを先導して歩き出す。

「まずは山門をくぐるところからだ。門と向かい合い、一礼して入る。出るときにも一礼を忘れるなよ」

「門のところでお辞《じ》儀《ぎ》するの？　どこかのお嬢様学校みたいだね」

「神の領域に入るんだぞ。当たり前だ。それに人間同士だって、よその家の敷居をまたぐときは頭くらい下げるだろ」

「たしかに……」

言われてみればこの子が正しい。

これまで気軽に山門なり鳥居なりをくぐりぬけていたことが少し恥ずかしくなる。

ちゃんと頭を下げて男の子に続いた。

「君はこのお寺の子なの？」

「当たらずとも遠からずだ」

親戚《しんせき》の子供とかだろうか。

「次に手水舎《ちょうずや》で身を清めるんだが、ここは小さい寺だからない。そういう場合は身なりをきちんと整えればいい」

ぱっぱと済ませたいのに、この子のせいで適当にお参りできない。

「本堂に着いたら一礼して賽銭《さいせん》を投げる。うちはないが、鰐口《わにぐち》があればここで鳴らすんだ」

手本を横目に見ながら一礼し、賽銭を入れる。

「そこで手を合わせて挨拶《あいさつ》だ。寺だから拍手をするなよ。さらに一礼して終わりだ」

神社では二礼二拍手一礼、お寺では柏手は打たない。知識としてはあっても、そのときになるとけっこう忘れてしまうものだ。

しっかりした子だなあ。小学生には見えないや。

江島神社《えのしまじんじゃ》でも宝戒寺でも、あたしは適当に手を合わせただけできちんと手順を踏んで祈ってはいなかった。この子のおかげで参拝の方法を改めて確認できた。

「君、名前はなんていうの？」

「じゅ……、いや。隼斗《はやと》」

「隼斗くん？　あたしは羽美《うみ》。教えてくれてありがとね。次からはちゃんとできるよ」

「――そうか」

不遜《ふそん》な態度が引っ込んだ。急にしおらしくなってあたしへ背を向ける。左手に立つ祠《ほこら》をそっけなく示す。

「やり方がわかったのなら、こっちにも参っておけ。寿老人が祀《まつ》ってある。庭の芙蓉の中にも石像があるから」

そして、芙蓉の茂みのほうへ行ってしまう。

お礼を言われて照れたんだろうか。ちょっとかわいいかもしれない。

言われたとおり、祠の中のけやきでできた寿老人と庭の石でできた寿老人に挨拶する。寿老人像はどちらもデフォルメされた二頭身キャラクターのような体格をしていて、あたしの目にはかわいらしく映った。

参拝を終えて、ようやく御朱印をもらいに行く。

「あ……」

こちらを見た楠木くんが戸惑った声を上げた。

「どうしたの？　まさか、御朱印もらえなかった？」

彼は申し訳なさそうに自分の帳面を開いてみせる。そこには流麗《りゅうれい》な手蹟《しゅせき》で【寿老人】と書かれていた。

「ごめん、俺あまり気にせずもらっちゃったんだけど、書き終わったところで窓口が閉まったんだ。呼び止めてたずねたら、今日は事情があって三時までなんだって」

「えー！」

授与所の窓口にすがりつく。【受付終了】と書かれた紙が貼ってあった。

「嘘でしょ」

血も涙もない。少しくらい待ってくれたっていいのに。

「なんか、書いてくれた人、体調悪そうに見えたよ」

「そうなの？　だから、早く閉めちゃったのかな……」

——というより、これは宝戒寺でもそうだった。

係の人やお寺のせいではなく、きっと神サマズが仕組んだことなのだ。

「なんだ羽美、あんなに意気込んでいたくせにもらえなかったのか」

芙蓉の茂みががさがさ揺れて、中から隼斗が出てくる。

「わ、びっくりした」

行儀《ぎょうぎ》のよさそうな子だったのに、花の茂みで遊ぶなんて子供らしいところもあるんだ。

「はっはっは。礼儀《れいぎ》を知らないせいだ」

前言撤回。やっぱり全然子供らしくなかった。これは悪役の笑い方だ。

あたしは口をへの字に結んだ。

そして、決意をあらたにする。

「次こそ負けないんだから」

第三章　本覚寺と恵比寿天

「ガンガン行かせてもらうね」

両手を腰に当て、宣言した。

対抗意識をめらめら燃やしているあたしと比べて、相手はぽかんとしている。

「だから、楠木《くすのき》くんも遠慮《えんりょ》しないでお先へどうぞ」

寿老人《じゅろうじん》の御朱印は、出し抜こうとして失敗した。ならば、堂々と勝負するほうがいい。

「別に遠慮するつもりはないけど進む道は一緒だよ。先と言われても」

どうやら彼は次の場所を知っているらしく、行き先を指で示さんとする。あたしは首を振ってそれを止めた。

「言わないで。自分で調べる。ホント先へ行って」

「……わかった」

こちらを少し気にかけながら背を向けた彼を見送り、カバンからスマホを取り出す。

本覚寺《ほんがくじ》。

道なりに真っ直ぐ行けばいいらしい。距離も近そうだ。

よし。次こそは。

勢い込んで走っても妙隆寺《みょうりゅうじ》では御朱印がもらえなかった。だから、焦るのは逆効果だ。深呼吸してはやる気持ちを落ち着けて、歩き出す。

「なあ、なあ、羽美《うみ》」

小走りで隼斗《はやと》が追いかけてきていた。目にまぶしい黄色のサロペットが車道に飛び出しそうになり、すかさず腕を引き寄せる。

すれすれの真横を車が通り過ぎていった。

「危なっ」

「そんなことよりおまえ、最近なにか夢見たか？」

たった今、車にひかれかけた子供とは思えないくらい元気な声で問いかけてくる。

夢？

脈絡がなさすぎてぽかんとしてしまった。

「なんで」

「あー、別に見てないのならいい。もう一人はどこ行った？　あ、あんなとこか。おーい」

するとあたしにはあっさりと見切りをつけ、前方を行く楠木くんへ呼びかける。少し距離があるのでなかなか気づかれない。

「おーい、おまえ、ええっと――、なんだっけ」

そういえば二人は自己紹介をしていなかった。名前がわからないみたいなので、耳打ちして教えてあげる。

「楠木くんだよ」

ふむ、とうなずいたかと思えば、ずっと以前からの知り合いのごとく呼び捨てで叫んだ。

「楠木ぃー！　悪夢、見たりしないかー？」

しかも悪夢限定なの？

さすがの大声に足を止めて振り返った楠木くんは無言。答えに窮《きゅう》している。

そりゃそうだよね。唐突《とうとつ》に夢の話題を持ち出されても困る。

返事を待つ間をおいて、隼斗は大げさなため息をついた。

「蛙《かえる》の面《つら》に水ってやつか」

「ちょっと、どういう意味」

絶対に悪い意味でしょ。

つっかかるあたしを無視して、隼斗はひらりと舞うように追い越した。

「本覚寺、行くんだろ。ぐずぐずしてるとまた御朱印をもらい損《そこ》ねるぞ」

「わかってるよ」

小走りで追ううち、足を止めてくれていた楠木くんと結局合流した。通りの突き当たりに見えてきた門を、そのまま三人でくぐる。

本覚寺は広い敷地を持つ寺院だった。白い砂利《じゃり》の上にいっそう白い石畳《いしだたみ》が敷き詰められ、中央付近には左手に屋根付きの線香台、右手に手水舎がある。奥にはこれまた白い石灯籠《いしどうろう》と大きなカーブが美しい屋根の本堂が見える。木々や花に囲まれあたたかな隠れ家ふうな妙隆寺とはかなり趣《おもむき》が違い、厳《おごそ》かな場所だ。

「立派なお寺だね」

つい感嘆《かんたん》のため息が漏《も》れる。今まで鎌倉の駅前といえば鶴岡八幡宮《つるがおかはちまんぐう》くらいしか知らなかった。ちゃんと周りに目を向ければすてきな場所はたくさん見つかるのかもしれない。

「楠木くんはここへ来たことある？」

「え……あ、……なに？」

虚をつかれたように彼はびくっとする。話を聞いていなかったのだろう。

「どうしたの、考えごと？」

「いや」

宝戒寺《ほうかいじ》から妙隆寺へ行く途中でも一瞬こんな態度をとっていた。ほかにも、無患子《むくろじ》の木の下で……。やはり、なにか悩みごとがあるのかもしれない。

しかし、否定された以上詮索《せんさく》はできない。

「あいつがいる」

隣で隼斗が声を上げた。つられて目線を追うと、山門の右手に小ぶりのお堂が建っていた。丸みを帯びた四角形のキノコのごとくこんもりとした屋根をしている。可愛《かわい》らしくて心惹《ひ》かれた。

お堂へ続く石段のところに、ひとりの金髪の青年が腰掛けている。

外国人観光客かもしれないが、服装が少しほかの人と違う。

長袖《ながそで》のドライシャツにライフジャケットを羽織《はお》り、ハーフパンツの下にはレギンスを重ね、足もとはマリンシューズで固めている。腰越《こしごえ》のあたりでよく見る海釣りの格好だ。

「知り合いなの?」

「おう。昔からのな」

言うやいなや、隼斗は金髪の青年へ向かって駆けていった。

昔からって、いったい何歳のつもりだ。生まれる前からの知り合いだとでも?

青年の横へ腰を下ろした隼斗は親しげに話しはじめた。本当に知人のようだ。

とはいえ、あの子は初対面のあたしにも気軽に話しかけてきたんだっけ、と思い直す。

ともかく、今はお参りが先だ。

改めて本堂へ目を向けた。

手水舎できちんと手を洗う。

「左手、右手、口をすすいでもう一度左手。最後に柄杓《ひしやく》の柄を流すっと」

作法《さほう》をきちんとこなしてみると、気持ちがいい。

本堂では一礼して財布に一枚だけ残っていた五円玉を賽銭箱《さいせんばこ》へ投げ入れた。青銅色の鰐《わに》口《ぐち》を鳴らし、手を合わせておじぎをする。

思い返せばこれまで、神サマにお祈りするときは「高校に受かりますように」とか「背が伸びますように」とか欲望をぶつけてばかりいた。でも、今回は純粋に挨拶《あいさつ》だけをさせてもらう。口うるさい隼斗の影響だ。

ゆっくりとお参りを終えて振り返ると、寺務所《じむしよ》には先に終えた楠木くんが並んでいた。また先を越されたけど、不思議と焦らなかった。お参りをして心が落ち着いたためかもしれない。そういえば彼は、あたしを押しのけて競争に勝とうとは一度もしていないことに気づく。

あんまり興味がないのかな。

でも、ばかばかしいからやめたとかも言わない。彼なりにかなえたい願いがあるにはあるが、進んで実現させようとは思っていないとか？

ま、あたしには関係ない。

無言で後ろへ並ぶ。ふと、隼斗のいるお堂を振り返った。

まだ階段に腰かけたまま金髪の青年と話しこんでいる。

本当にどういう関係なんだろう。じっと見ていると目が合った。

「……！」

手招きをされた。

「なあに？」

列を離れて歩み寄る。彼はあごをしゃくって階上のお堂を示した。

「こっちにも挨拶してけよ」

見上げれば【夷尊堂】と書いてある。

征《せい》夷大将軍《いたいしょうぐん》の〝夷〟だ。なんて読むんだろう。

「『えびす』尊堂ですよ、お嬢さん」

まるで心を読んだかのような言葉をかけられてびっくりした。

金髪の青年が流暢《りゅうちょう》な日本語を話すことにも二重に驚いた。

体格とか雰囲気《ふんいき》は外国人っぽく見えるが、違うのかもしれない。釣り人みたいな服からはふわりと潮の香りがした。

「……ありがとうございます」

とりあえず教えてくれた礼を述べる。青年の隣で隼斗が満足げにうなずいた。

「恵比寿《えびす》も七福神《しちふくじん》の仲間なんだぜ」

そうか。夷＝えびす＝恵比寿天。

鯛《たい》や釣り竿《ざお》を持つ福の神だ。なるほど。

「それならお参りしなくちゃね」

カバンにしまいかけた財布を再び取り出しつつ、階段を上る。

最後の五円玉を使ってしまったんだった。財布の中には五百円玉と五十円玉しかない。

ふと賽銭箱の隣を見ると、線香が売っていた。

ちょうど五十円。

「こっちにしよ」

賽銭の代わりに線香を買い、お供えすることにした。

備え付けのガス台で火をつけたら、不思議と磯《いそ》の香りが立ち上った。

「あれ」

線香ってこんな匂《にお》いだっけ。しかも、さっき嗅《か》いだ気がする。海帰りの匂いだ。

振り向いて確認してみる。隼斗と一緒の青年は先ほどと変わらず階段に座ったまま背を向けていた。

彼の服から漂ってきたと考えるにはやや無理がある。

もう一度、紫煙《しえん》がくゆる線香を鼻へ近づけてみる。今度はお墓参りで嗅いだことのあるなじみのある香りがした。

疲れてるのかな……？

一理ある。今日は蝶子《ちょうこ》と典龍《てんりゅう》の諍《いさか》いに巻き込まれた上、夕方になるまでずっと歩き通しだったのだから。

最後くらい、心穏やかにきちんとお参りしよう。

線香を立て、静かに手を合わせた。目を閉じてお辞儀《じぎ》をすると、なんだか心の中がすーっとした。

今日一日の中で一番いい参拝ができたんじゃないかな。

晴れやかな気分で階段を下りる。隼斗たちは熱心に話し込んでいて、すれ違うあたしの方を振り向かない。

「まったく、あいつらには困ったもんだぜ」

「どちらも我が強く、折れることを知りませんからね」

「なんで俺たちが周章狼狽《しゅうしょうろうばい》しなきゃなんないんだよ」

「ぼんやりしていても解決しません。動くしかないですよ」

年下の隼斗の方がタメ口で青年が丁寧《ていねい》な口調なとこが気になる！

だけど、立ち聞きはよくない。

そのまま寺務所へ向かった。

「あ、宇賀神《うがじん》さん」

ちょうどそこでは、すでに御朱印帳を預けた楠木くんが番号札を手に待っていた。

寺務所はまだあいている。妙隆寺のように門前払いをされる様子はない。

ごくりと唾《つば》をのみこみ、ふるえる手で御朱印帳を差し出した。あっさりと受理され、番号札を渡される。

七番。まるで七福神とご縁があるみたいだ。無邪気に喜ぶ。

お守りやおみくじを見ながら待っていると、番号の書かれたクリップに挟まった二冊が同時に差し出された。

片方だけしかもらえない、なんてことはなかった。

ほっとしながら御朱印帳を開く。墨《すみ》の香りがぷうんと立ち上った。

太く力強い筆跡で【夷神】と書かれている。

本日初めての御朱印だ。ちゃんとある。とうとう恵比寿天とのご縁がもらえたんだ。

「よかったね」

勝負のことなんて忘れていた。妙に気分が高揚《こうよう》して、隣で御朱印帳を広げる楠木くんに話しかける。彼は帳面から目を離さず、静かに言った。

「ご本尊のほうだ」

「え？」

とっさにのぞき込む。中央に【日朝大上人《につちようだいしようにん》】と書かれていた。七福神の御朱印ではない。

「ちゃんと指定したつもりだったんだけど」

「指定って？」

「宇賀神さんも七福神の御朱印をくださいってお願いしたでしょ？」

し・て・な・い。

さーっと青ざめていく。

御朱印が何種類かあるだなんて知らなくて、なんにも気にせず出したわ。

無言でいるあたしに気づいた彼は、表情を曇らせる。

「しなかったの？」

「うん……」

たぶん、本来は彼が七福神のほうで、あたしがご本尊のほうだったに違いない。たまたまほぼ同時に受理されたせいで取り違えられたのだ。

「ごめんね」

「いや、宇賀神さんのせいじゃないでしょ」

彼はため息をつく。がっかりしているようだ。勝負にこだわっているふうではなかったが、やはり勝ちたいという気持ちはあったのだろう。

「どちらか一方しかもらえないってのは、こういうことなんじゃないかな」

「こういうことって？」

たずねると、彼は御朱印帳をバッグへ放り込んだ。

「先に出したとか後に出したとか関係なく、神の気まぐれで決まるって意味だとしたら、対策しようがないのだった。

「出ようか」

うながされて同意する。もう寺社が閉まる時間だ。

「続きは明日だね。どこから回る？　できればついていきたいんだけど」

同行する必要はないかもしれないが、目的地は同じだ。順番の後先は勝負に関係ないらしいから、結局は一緒に動いた方が迷わなくていい。

「一緒に行くの?」

しかし、意外そうにされる。

「え……ごめん、いやだった?」

思わず尻込みすると、楠木くんはあわてて両手を振る。

「いや、別にいいんだけど。ただ、今日の感じだとあんまり一緒に行動する意味はないのかなと思っただけ」

突き放すふうではなく、単純にどうしてあたしが同行したいのかわからない様子だ。

「意味はたしかにないかもしれないけど……」

なんだろう、もやっとする。目的は同じなのに、別行動する必要だってない。

「一人より二人のほうが心強いかなって。なによりあたしたち、高校生にしては珍しい御朱印仲間になったわけだし?」

正面に立つ彼は、ぱちぱちとまばたきをした。小さくつぶやく。

「………そっか」

納得してくれた。少しうれしくなって、かぶり気味に言いつのる。

「そうだよ！　せっかくだもん、一緒に行こう。もちろん、いやじゃなければだけど」

「……うん、いやじゃないかも」

自問自答するような小さな声で言ってから、彼はこちらを向いて告げてくれた。

「長谷《はせ》駅で待ち合わせすればいい？」

「オッケー！　ありがと。時間は任せる」

今日のところはあたしが一つ、楠木くんが二つ。

明日はどうなるかわからないけど、頑張ってみるつもりだ。

隼斗に別れを告げようとして夷尊堂のほうを向く。階段に座っていた二人はいつの間にかいなくなっていた。

第四章　長谷寺と大黒天

翌日、十時に江《え》ノ電《でん》長谷《はせ》駅で待ち合わせをした。

抜けるような晴天だった昨日とは打って変わり、今日はうすい灰色の雲が空を覆《おお》っている。

おかげで真夏にしては少し涼しい。天気予報によれば雨の心配はないと言っていたから、これはこれで散策日和《びより》なのかもしれない。

長谷駅に降り立ち、腕時計へ目を落とす。

九時五十三分。単線の江ノ電は早朝と深夜を除いては、十二分おきの運行なので、次の電車だと十時を過ぎてしまう。

七里《しちり》ガ浜《はま》に住んでいる楠木《くすのき》くんも、おそらく同じ電車に乗ってきたはずだ。

改札へ向かうホームの人混みを、きょろきょろと探してみる。

――けど、やっぱり無理かも。

周囲の人たちはみんな同じ顔に見える。

ある程度親しくなれば、全身のフォルムや雰囲気《ふんいき》、声、仕草なんかで判断できるのだが、彼とはまだそこまで親しくなっていない。

昨日どんな格好をしていたか思い出してみる。

制服姿だった。今日もそれならすぐわかるはずだが——。該当者《がいとうしゃ》はいない。

ほかに癖《くせ》とか特徴的な仕草とか……。

あったかな？　ほとんど思い出せない。

………詰んだ。

「ね、今の人、超かっこよくなかった？」

ホームの内側を追い越した若い女性の声が耳に届いた。連れの女性も小走りであたしを追い抜きながらうなずく。

「うん。モデルみたいなイケメン」

「もっかい振り返って見てみよっか」

「やめとこ。ちょっと綺麗《きれい》すぎて近寄りがたい感じだったし」

後ろにかっこいい男性がいるらしい。

なにやらデジャブな会話だ。記憶の扉が開く。

昨日の鎌倉《かまくら》駅で待ち合わせしたときも、近くにいた女子高生が同じようなことを話していた。おそらく楠木くんのことだ。振り返ってみる。

そこには、背の高い青年が立っていた。すらりとした体軀《たいく》にブルーグレーのサマーニットとスキニージーンズを合わせ、小さめの顔にさらりとした黒髪がかかる。

たしかにモデルさんみたいな綺麗な立ち姿だ。女性たちが噂《うわさ》するのもわかる。

だが、昨日見た楠木くんと印象が違う。もっとお堅い雰囲気だったはずだ。この人じゃない。

前を向き直した。ガン見した手前ちょっと気まずいので早足で立ち去ろう。一歩踏み出したとき、真後ろから呼ばれた。

「宇賀神《うがじん》さん」

記憶にある楠木くんの声だ。

「っ」

反射的に再び振り返る。モデルふうだと思った青年と再び顔をつき合わせた。

「今こっち見たよね。なんで逃げようとしたの？」

不思議そうに首を傾《かし》げている。

ちょ……待って。

本当に同じ人？　声は一緒だが、昨日よりもまとう空気がだいぶやわらかい。

服装ひとつでこんなに違うもの？　もしや髪型を変えたのかもしれない……、と思い出してみるけど、自信がない。

ヤバいんだろうか、あたしの記憶力。暑さで脳味噌がとけてるのかも。

彼のこと、てんで興味を持たず過ごしていたせいだ。

今日はしっかりと記憶しておかなくちゃ。姿形だけじゃなく、中身についても。

「ごめん、覚えてた楠木くんと全然違くて、別人だと思っちゃった」

「覚えてたのってどんな姿？　俺、変な格好してたっけ」

「そうじゃないの」

どう言えば通じるかな。自分でも自分の特性がきちんと理解できていないから、説明が難しい。だけど、うやむやにしたくはない。わかってもらいたいから、ちゃんと告げる。

「あたしね、人の顔が区別できないの」

「俺もそんな物覚えがいいほうじゃないよ」

慰めるつもりか、軽く流そうとしてくれる。

でも、そうじゃないんだよね。

「物覚えが悪いレベルを超えてて、よく見てもみんなの顔が全部同じに見えるんだ。ネットで調べたら『相貌失認《そうぼうしつにん》』とかいうみたい。親しくなれば、姿形とか、雰囲気でわかるようになるんだけど。――つまりは楠木くんのこと、ちゃんと覚えてなかったんだ。ごめんね」

「そうなんだ。それは、大変だね……」

反応に迷った様子で言葉を濁《にご》される。

気をつかわせるのは本意じゃない。つとめて明るく告げた。

「そーそー、大変だよ！　友達に誰がかっこいいって言われたってわかんなくて、話ついていけなくて、結局みんな彼氏できちゃって、あたしだけひとりぼっちの夏休みだし」

「そういえば昨日、彼氏がほしいって言ってたのは、そういうわけだったの？」

「!!」

あんなことぼやいたら、アピールしてるって誤解されるかもしれなかった。恥ずかしい。

「もう少し恥じらいとか持たなきゃだよね。人の顔を区別するとか以前にあたし自身がダメなんだよ」

反省、反省。

人の流れに沿ってホームを歩くうち、改札に着いた。譲《ゆず》られて先に抜けたところで、ふと後ろから声がした。

「いいんじゃない、そういうの」

振り返ると、続いて改札を出てきた楠木くんがこちらをまっすぐに見つめていた。

「宇賀神さんってあんまり隠し事とかしなくて、いい人っぽい」

「なにそれ」

思わず笑いがこみ上げた。

ほめられて悪い気はしない。

「いい人か。ちょっと安心した」

「相手の言葉を嫌みなく素直に受け取るところも、尊敬するよ」

「ほめすぎでしょー。よーし、今日は楠木くんのことちゃんと覚えるからさ、いっぱい話しよ」

おだてられたブタのようだが、彼もいい人に思えてきた。

駅を出た人混みは大半が正面の長谷通りへ流れていく。

「まずは長谷寺でいいよね」

長谷駅周辺で七福神《しちふくじん》の御朱印がもらえるのは長谷寺と御霊神社《ごりょうじんじゃ》の二社だ。前日にきちんと調べてきたので胸を張る。

「遠足で行ったことがあるから道わかるよ。案内しようか」

ドヤ顔すると、冷静なつっこみが来る。

「俺も地元だし知ってるよ」

「そっか。七里ガ浜だもんね。どの辺に住んでるの？　駅近《えきちか》？」

駅前交差点の信号がちょうど青に変わったので、肩を並べて歩きながら話す。

「海と反対方面の坂をずっと登っていった先。駅からは結構離れてるよ」

「そのへんって高級住宅街じゃ……？」

有名な歌手や俳優の家があるとか、ないとか。

しかし、さりげなく否定してくる。

「そうでもないよ。山奥みたいに雪が降ると玄関前の道路が通れなくなって閉ざされるし」

「嘘。七里ガ浜で？」

「ホント。七里ガ浜で。俺去年の豪雪のとき学校二日休んだ」

「ええー、藤沢《ふじさわ》はうっすらと積もった程度だったのに」

昨日は続かなかった会話が今日は弾む。

「あたしが前にここ来たのって中二のときなんだ。修学旅行の前に班別行動の練習とかいって、計画通りにルートを回ったの。うちの班は大仏とセットにしたんだよ」

「御霊神社も行った？」

「ううん、そっちははじめて。極楽寺《ごくらくじ》駅のほうなんでしょ」

予習してきた知識を披露する。けれど、すぐに後悔することとなった。

「いや。この道曲がると結構すぐだよ」

左手の小道を示され、驚愕《きょうがく》する。

「えっ、近道的な⁉」

事前に調べてきた御霊神社は長谷通りと反対方面の海側の道から行くものだった。地図で見るより、長谷寺と御霊神社は近いらしい。

「えらぶってごめん」

付け焼き刃で学んだことなんて言わなきゃよかった。彼は男子高校生にしては神社仏閣に詳しい人なんだから。知ったかぶりをせず、素直にいろいろ聞いてみよう。

「長谷寺ってなにが有名？」

歩く速度が緩《ゆる》まった。彼は訝《いぶか》しげにこちらを見る。

「どうかした？」

「……行ったことあるって言ってなかったっけ」

言った。けど。

ちゃんと〝行った〟と胸を張れないところが恥ずかしい。苦笑を浮かべる。

「階段けっこう上って、綺麗な景色見たなーくらいしか覚えてないの。正直言ってお寺とかあんまり興味なかったし」

どちらかというと、高徳院《こうとくいん》の大仏の方がインパクトが強くてよく覚えている。だから教えて、と目を輝かせてみる。

「普通そんなもんか」

再びもとの速さで歩き出しながら、彼は一本調子に語る。

「有名っていったら、十一面観音菩薩《かんのんぼさつ》像？　たしか数年前に観音ミュージアムができたって聞いた。あとは和《なご》み地蔵っていって、丸くてかわいいマスコットみたいなお地蔵さんかな」

「七福神はあんまりメジャーじゃないの？」

「長谷寺って聞いて真っ先に大黒天《だいこくてん》を思い浮かべる人は少ないと思う」

「大黒天ってどんな神様？」

「もともとはインド神話のシヴァ神っていう破壊の神様だったんだけど、日本に入ってきて大国主命《おおくにぬしのみこと》と同一視されて福の神になったらしい」

小気味いいくらいにぽんぽんと答えが返ってくる。

顔は前を向いたまま、姿勢をしゃんとただして変わらぬ速度で足を進めながら。

そっけないし平然と語っているが、全身からにじみ出て伝わってくる熱が感じられた。

「楽しそうだね」

「……」

彼は口をつぐむ。

そして、抑揚《よくよう》のない低音で言った。

「聞かれたから答えただけだよ」

あたかも興味がなさげな態度だ。

でも、素知らぬふりをしつつしっぽを振っている犬みたいに見えた。好きなんだろうなと察する。

隠さなくてもいいのに。

他人行儀《ぎょうぎ》な態度が薄れて、ちらっと素を見せてくれたのなら、嬉しい。

「いいんじゃないの？　そういうの」

駅で彼からもらった言葉を返してみる。

「楠木くんって、いい人っぽい」

意表をつかれたのかぽかんとしたあと、彼はのどの奥でくっと笑った。

はじめて笑い声を聞いた。あたしまで楽しくなって、声をうわずらせる。

「笑うとき、右肩をちょっと上げるんだね。覚えたよ。明日は絶対間違えない」

「ホントかな。テイストの全然違う服着てくるかもよ」

「……お手柔らかにお願いします」

だいぶ打ち解けてきた。きっと大丈夫。

「大黒天ってどんな姿をしてるんだろう？」

ふと気になった。楠木くんは楽しげに考えてくれる。

「仏像から想像すると、白い袋を背負ってる感じかな」

「サンタさんみたいな？」

気軽に相づちを打ったつもりなんだけど、彼は右肩を上げて小刻みにふるわせた。ツボにはまったようだ。

「宗教変わっちゃうじゃん。ホント、宇賀神さんといると調子がくるう」

それはいい意味と受け取るよ？

「ね、いちいち『宇賀神さん』って呼びにくくない？　羽美《うみ》って、名前でいいよ」

「えっ、でも……」

さすがに距離を詰め過ぎたか。一歩引かれてしまった。

じゃあいいや、と話を戻す。

「で、楠木くんの言ってた白い袋を背負ってるって、具体的にどういう姿なの？」

少し考えてから説明してくれる。

「昔話の『因幡《いなば》の白兎《しろうさぎ》』って知ってる？　川を渡ろうとしたウサギが、鮫《さめ》に皮を剝《は》がされちゃう話」

「知ってる！」

とある海辺に住んでいたウサギが、向こう岸の仲間に会いに行きたくて、鮫をだまして海へ一列に並ばせて川を渡り、結局嘘がばれて仕返しに皮を剝がれてしまうというもの。

「皮を剝がれたウサギが痛くて泣いているところに、大きな袋をかついだ大黒様がやってくるでしょ。あれのこと」

「え。あそこで登場した大黒様って七福神の大黒天と同じなの⁉」

思いっきり目を見開いて彼を見つめた。

言われてみればたしかに名前が一緒だ。

だけど、昔話に七福神が登場していたなんてびっくりだ。急に大黒天が身近に感じられた。蝶子《ちょうこ》や典龍《てんりゅう》のように目の前に現れたとしても驚かない。

「すごいなあ。あたし、歌も覚えてるよ。『大きな袋を肩に掛け～大黒様が来かかると』

ってやつでしょ」

「いや俺、歌は知らないけど」

若干《じゃっかん》引き気味で返されるけど、笑っているから呆《あき》れられたわけではないだろう。興奮したまま続ける。

「因幡の白兎、実は大好きでね。子供のころお母さんに何度も何度も読み聞かせしてもらったんだ。歌もそれで覚えたの。今でもお母さんの声で脳内再生するくらいだよ」

「そうなんだ」

「親ってすごいよね。何度でも同じ話してくれるんだもん。あたしなら『またあ？』とか言っちゃうよ」

「かもね」

「楠木くんもそういうのある？　お母さんによくせがんだ話とか」

「どうかな」

「もったいぶらずに教えて。お母さんはどんな話をしてくれた？」

「……覚えてないなあ」

「本当に？　一つくらいあるでしょ、お母さんの――」

「別にないから！」

え……。

突然、強い口調で否定された。おどろいて振り向くと、彼は自分でもびっくりしたように目をかすかに見開いていた――けれど、すぐに口もとを笑ませて穏やかに言う。

「いや……。小さいころのことをあまり覚えてなくて」

まじまじと彼を見つめる。なにか小さな違和感があった。

右肩の上がっていない彼は、作り笑いでなにかをごまかしたんじゃないだろうか。

だけど、一瞬見せた態度はこちらの気のせいだったとばかり、普通に戻った声で話しかけてくる。

「そこの信号を左へ曲がった先が長谷寺だよ」

心なし声が低い気もしたけど。

なんで？　なにかあった？

急に具合が悪くなったのかな？　けど、歩く速度は同じ。

それとも、気づかないうちにあたし、まずいことを言ったとか。

直前の会話を順を追って思い出してみる。

大黒天の姿はどんなかって話をしていた。そこから昔話につながって、小さいころの思い出話を引き出そうとした。

しつこかった？

なれなれしくしすぎて、いやがられてしまったのかな。下の名前で呼んで、なんて言ってしまったし。

きっかけがわからなくて、戸惑ってしまう。

曲がり角へさしかかった。そのタイミングであたしは歩く速度を緩《ゆる》めてみる。

こちらに気づかず、彼は前へ進んでいく。距離がどんどん広がった。小さくなっていく背中は、なぜだかひどく寂しげに見えた。

今日は彼を知ろうと思った。

会話が弾んで、だんだん親しくなれてきたって手応えもあった。

このままあたしが足を止めれば、人混みに紛《まぎ》れて彼を見失ってしまう。

なのに、どうして？

そんなのいや。

よし。

ぐっと足裏に力を込めた。歩道から下り、車道の端っこを走って彼に追いつく。半身くらい追い越して、振り向きざまに明るく張りのある声で話しかけた。

「あたし九月の体育祭でリレー選ねらってるの！」

百八十度の話題転換をしてみる。

リレー選とはクラス対抗リレーの選手のことだ。

「足が速いわけじゃないんだけど、例年女子は面倒くさがってやりたがらないらしいの。特にうちのクラスは陸上部の女子がいないし、ねらい目なんだ」

はしゃいで告げる。とにかく反応がほしかった。

「すごいね。走るの好きなんだ」

「あ、ううん、そうでもないけど、なんか記念っていうの？　あこがれてたキラキラの学園ライフを楽しみたいっていうか」

「前向きだね。なれるといいね」

──普通、だよね？

今までと変わらず穏やかな語りに聞こえる。

だけど、なぜか盛り上がりきらないというか、熱がないというか。やはり違和感がぬぐえない。

無駄にあげたテンションを抑えきれず、彼の前後をうろうろしながら歩く。

周囲を見ていなくて、前方からやってきた人に肩をぶつけてしまう。

「……っ、ごめんなさい」

相手は衝撃で紙切れを落とす。地図だ。あわてて拾って差し出した。

「大丈夫でしたか?」

見上げた相手は、ナップサックを背負った観光客だった。大柄な体格から外国人らしいと気づく。見たところ怪我《けが》はなさそうだ。彼はにっこりとこちらへほほえみ、流暢《りゅうちょう》な英語で話しかけてくる。

「~~~~~~~」

さっぱりわからない。

文句を言われているふうではない。だが、言葉がまったく理解できずに青ざめる。

男性はあたしが差し出した地図をこちらへ向けてきた。

「!」

もしかして、道を聞きたいのかもしれない。

頭をフル稼働《かどう》させ、知っているわずかな英単語を絞《しぼ》り出した。

「ハセ　テンプル、ゴー　ストレート」

長谷寺方面を豪快に指さしながら言うと、首を横へ振られた。地図の長谷寺ではない場所を示し、ペラペラと英語で訴えかけてくる。

考えてみれば長谷寺方面からやってきたのだから、別の場所へ行きたいわけで。

眉根《まゆね》を寄せて手もとを凝視した。赤と黒の二色刷りのアルファベットがちりばめられた地図は見にくくて、彼の行きたい場所がどこなのか見当もつかない。

「えっと、ここからだと近いのは大仏？　ゴー　ビッグ　ブッダ？　いや違うか。江ノ電沿いのお寺みたいだけど、ひょっとして極楽寺？　えー、わかんない、楠木くん」

無理やり巻き込んで地図を見せる。

彼は一瞥《いちべつ》しただけで、さらりと言った。

「御霊神社でしょ」

「そうか！　カモーン。ディスウェイ　ディスウェイ」

観光客の男性を手招きして、信号のところまで連れていく。そして右折。駅の方面を真っ直ぐ指さす。御霊神社は次の曲がり角を右ってさっき聞いたばかりだ。

「ネクスト　ロード、ライト。オッケー？」

「～～～～～～～」

嬉しげな声が上がる。

正解だ。ほっとした。

男性の後ろ姿を見送ってからもと来た道を振り返る。楠木くんはさっきの場所にたたずんだまま腕を組んでいた。

小走りで駆け戻り、ぺこりと頭を下げる。

「ごめんね、お待たせ」

「え、なにが？」

「なにがって、今――」

外国人観光客とのやりとりを見ていなかったんだろうか。じゃあなんで足を止めていたんだろう。

やっぱり悩みごと？

笑顔を向けてくる彼は、心ここにあらずといったふうだった。

「行こうか」

彼は歩き出す。腑《ふ》に落ちないものを抱えつつ、あたしも後を追おうとした。

とその瞬間だった。すぐ近くを歩いていた、また別の外国人女性が突然しゃがみ込んだ。身体《からだ》の半分ほどもある大きなスーツケースにもたれ掛かり、額を押さえている。

「どうしたんですか」

びっくりしてのぞき込んだ。女性はなんでもないとばかりに手を振り、片言《かたこと》の日本語で答える。

「ダイジョウブ。ワタシ、ネブソク」

前後を歩いていた観光客らは騒ぎにいったん足を止めたが、女性の声を聞いて安心したふうに再び歩きはじめた。

「ネブソクだって。日本語上手だね」

「そういや私もあんま最近深く眠れないんだよね……」

すでに周囲の観光客らは興味を失ったようだが、うつむく女性の顔はひどく青ざめている。

本当にただの寝不足なの？

放っておけないよ。

「楠木くんごめん！　先へ行ってて」

様子のおかしい彼を巻き込むわけにもいかない。すぐ女性へ目を戻した。

「少し道ばたへ寄りましょう」

スーツケースを運んであげ、彼女を歩道の脇へ導く。二人でアスファルトへ腰を下ろした。

体調は悪そうだが意識はしっかりしている。本当にただ夜眠れなかっただけなんだろうか。だけど、もし熱中症だったりしたら大変だ。

「救急車呼びましょうか」

一応たずねてみる。言葉が通じず、彼女は不安げに首を傾《かし》げた。

「あー、えーと、アンビュランスだったっけ？　ユー　ゴー　ホスピタル？」

どうしようもないあたしの英語が通じたらしく、彼女は両手をバツにした。そして、英語ではない外国語でなにかを訴えてくる。

「〜〜〜〜〜」

ごめんなさい、わかってあげられない。

彼女はじれた様子でウェストポーチをあさり、小さな紙切れを見せてきた。

「切符？　大船《おおふな》発、成田《なりた》エクスプレス……。飛行機乗るんだ！　あなた、大船へ行きたいの？」

「オーフナ！　イエス。ワタシ、ダイジョウブ。オーフナ　イク」

大きくうなずかれた。

「でも、少し休んだ方が……って、え！　今日の十一時十分発⁉　間に合わなくない？」

あと一時間ない。

焦りが伝わったらしく、彼女は無理をして立ち上がった。スーツケースをつかみ、走ろうとする。

けれども、足がもつれて再び座り込んでしまった。

とてもじゃないけど、長谷駅まで戻って混雑する江ノ電に乗って、さらに大混雑しているだろう鎌倉駅で乗り換えができるとは思えない。

「バスでなら、なんとかなる……？」

幸いすぐ近くにバス停があった。行き先を確認すると、藤沢行きと大船行きがあり、まもなく大船行きのバスが到着しそうだ。

これなら大丈夫かも。到着時間はぎりぎりになるが、江ノ電よりすいているから、座席に座って少し休むこともできる。

念のためにスマホを開き、次のバスの目的地到着時間を検索してみた。

大丈夫。

順調に行けばなんとか電車に間に合う。

スマホの画面を見せながら説明を試みた。

「バス　ゴー　オーフナ。オッケー？」

「オッケー」

納得してくれた彼女をバス停へ導いたところで、バスがやってきた。

スーツケースを持ってあたしが先に乗り込み、運転手さんにお願いする。

「すみません、この人、日本語があまり話せないみたいなんです。体調が悪いので、大船に着いたら声をかけてあげてもらえますか?」

そして、最後部の座席へ荷物を押し込み、彼女を座らせる。

「それじゃ、気をつけてね」

「アリガトウ」

本当に嬉しげな声が返ってくる。バスを降りるあたしの足取りは軽かった。

楠木くんの態度が気になって、どうしたらいいのかってもやもやしていたけど、少しだけ浮上できた。

さて。今度こそ御朱印をもらいに行きますか。

意気込んだところで、こちらを見上げる視線を感じて下を向いた。

バス停に、腰の曲がった小さなおじいさんが立っていた。えんじ色の着物を着て、頭には黒い手拭《てぬぐ》いを巻いている。

不思議な人だ。

大きな白い風呂敷包みを抱え、あたしをじいっと見つめている。

「ええと、どうしました?」

まさかこの人も外国人で困っていたりする?

びくびくしながら声をかけると、日本語が返ってきた。

「あんたの連れは悪夢にむしばまれかけているんじゃよ」

「はい？」

日本語にほっとしたものの、脈絡のない話をされて首を傾げる。

悪夢？

昨日も聞いたような。黄色のサロペットを着た男の子の姿が浮かぶ。

さっきの観光客の女性も寝不足だと言っていたし。偶然にしても不思議な問いかけだ。

たまたまこのおじいさんの夢見が悪かったとか、別の理由なの？

余所行《よそゆ》きの笑顔を浮かべてたずねた。

「バスを待っていらっしゃるんですか」

「うんにゃ、帰るところじゃよ」

まるで日本昔話に登場する翁《おきな》のような話し方だ。こんなご老人、今まで会ったことがない。

見た目は元気そうでそんなお歳《とし》に見えないけど、実は百歳超えていたりしたらすごい。

「お住まいはこの近くなんですか」

「和《なご》み地蔵のすぐ手前じゃよ」

長谷寺の近くに住んでいるらしい。

「あたしこれから長谷寺へ向かうんです。よかったらご一緒しましょうか。お荷物お持ちしますよ」

「それは助かるのう。頼んだぞ」

しわしわの細い手がふるえながら風呂敷を差し出してくる。中身は骨董品《こっとうひん》だろうか、それとも大切な食べ物？　重そうに見えたので身構えた。慎重に両手を皿にして受け取る。

「あれ、軽い」

奇妙だが、風呂敷はまるで重みを感じなかった。

風船のごとくぱんぱんに膨《ふく》れているのに……。

しかし、おじいさんは重くてたまらない荷物から解放されたとばかり、気持ちよさげに伸びをした。

「嬢ちゃんはどこに住んでおるんじゃね？」

腰に手を当ててよちよちと歩き出しながら、おじいさんがたずねてくる。

「藤沢です」

「余所者か。道理で元気なはずじゃ」

「？」

どういう意味だろう。

でも、まあ、知らないご老人の言うことだ。深く考えなくてもいいだろう。

前を歩くおじいさんは、足取りはしっかりしている。なのに、やたらと歩道内を蛇行《だこう》して歩き、観光客に度々《たびたび》肩をぶつけた。軽い挨拶《あいさつ》をかわしながら進んでいくので本人はまったく気にしていないようだが、バス停から百メートルも歩かないうちに五人の観光客とニアミスした。危なっかしくて見ているこっちがはらはらする。

思わず隣に並んで手を差し出した。

「つかまってください」

一瞬、沈黙が流れた。おじいさんは心底不思議そうにあたしを見上げている。

「人が多くてぶつかると危ないですから、ゆっくり行きましょう?」

なるべく優しい声で告げる。

「おお、そうか、そうか。ぶつかっているふうに見えたかの。軽く浄化していただけなんじゃが……今日はこのくらいでおしまいにするかの」

きゅっと手を握ってきたおじいさんの手は、小さくてしわしわの老人の手なのに、どうしてか若者みたいに力強く感じた。

「やさしい嬢ちゃんじゃなあ。面倒くさい御仁《ごじん》に巻き込まれたのも納得じゃゃ」

「そんな、面倒くさくなんてないですよ」

外国人に道を聞かれたら答えてあげたいし、具合の悪い人を放ってもおけない。

それ以前にも、蝶子や典龍の諍《いさか》いに巻き込まれているけど……。

あたしって、実は巻き込まれ体質だったりして？

「様々な事柄がつながって、嬢ちゃんにはよい経験になるかもしれんのう。なんせわしらは……、おお、そうじゃった」

つないでいた手を離し、着物の袷《あわせ》から紙切れを取り出した。

「これをあげよう。長谷寺の招待券じゃ」

さっと風呂敷を奪い取り、代わりにチケットを握らせてくる。

「でも……」

「なあに、お礼じゃて」

長谷寺の境内《けいだい》が描かれたチケットにはたしかに値段が書いておらず、金色で【ご招待】と印字されていた。

もしかして、お寺の関係者なのかな。それか、近所に住んでいると招待券がもらえるとか。

お礼ならば、断るのもかえって失礼にあたるだろう。

「わかりました、いただきます。ありが……」

下げていた頭を戻すと、そこには誰もいなかった。

「嘘でしょ。あんなによろよろ歩いていたのに」

あたりを見回しても姿が見えない。軽いとはいえ顔より大きな荷物を持ってどこへ行ってしまったのだろう。

地元の人しか知らない近道でもあったのかな。

仕方なく、もう一度チケットへ目を落とす。

ご招待の文字の横に、同じフォントで【女子高生】と印字されているのに気づく。

「え！　なんで？　なにこのチケット」

小人でも大人でもなく、中人でさえなく、女子高生限定のチケット⁉

学園祭じゃないのに。はじめて見た。

「不思議すぎる……」

これこそが夢なんじゃないかと思って頬《ほお》をつねってみる。

しっかりと痛かったけど。

長谷寺の入り口で、謎の女子高生限定チケットをおそるおそる差し出した。

緊張していたわりに、あっさりと通されて脱力する。

あたしが勝手に「なにこれ！」と興奮しただけで、特に珍しいものではなかったようだ。

「なあんだ……」

気を取り直して境内を見渡す。もともと山の地形を利用した回遊式庭園になっている長谷寺は、赤い提灯《ちょうちん》の吊られた山門をくぐって正面石段を上りきったところに荘厳な本堂と観音《かんのう》ミュージアムがあり、由比ヶ浜《ゆいはま》を見下ろす絶景スポットになっている見晴らし台もある。境内のあちこちは季節の花で埋め尽くされ、今の時期は特に百日紅《さるすべり》と芙蓉《ふよう》が美しい。

本来ならばじっくり散策したいところだが、先を行った楠木くんに追いつけなくなってしまう。ここは目的の大黒天だけお参りして、御朱印をもらいに行ったほうがよさそうだ。

地図で確認し、大黒堂を目指す。本堂へ向かう階段は上らず、葉紫陽花《はあじさい》のしげみに囲まれた蓮池《はすいけ》を右手へ曲がる。

やがて見えてきた丸いフォルムのかわいいお地蔵様、和み地蔵に癒《いや》されながら、大黒堂の前へ。

大黒天の像は二つあった。一つは仏棚《ぶつだな》の奥に据えられた真っ黒の小さな像で、もう一つは賽銭箱《さいせんばこ》の隣にある等身大のカラフルな木像だ。どちらも頭巾をかぶって米俵《こめだわら》の上に立ち、うちでの小槌《こづち》を片手に、大きな袋を背負っている。木像の方は【さわり大黒天】といって、実際に手でふれて福を分けてもらえるらしい。

お参りを終えてから、あたしもさわらせていただくことにした。背伸びをして手を出し、像の背後の白い袋へふれる。

……大黒天の白い袋の中って、なにが入っているんだろう。福の神だから、福が詰まっているのかな。

「楠木くんなら知ってそう」

彼を思い出したら、胸がつきっと痛んだ。

少し距離が近づいたと思ったら、どうしてかまた離れてしまった。

「合流しなきゃ」

大黒天に別れを告げ、山門まで駆け戻った。

朱印所に並ぶ彼の背を見つけて、思わず大声で呼ぶ。

「楠木くん、お待たせ！」

驚かせたらしく、彼はびくりと振り返る。

「追いつけてよかった。ね、ね、大黒天の袋の中身ってなんだか知ってる？」

駆け寄って明るく問いかける。

「七宝《しっぽう》じゃなかったかな」

「え、七宝ってなに？」

「間違って教えるといけないから、ちょっと調べさせて」

スマホへ目を落とし、検索をはじめる。

他愛《たわい》ない質問にも誠実に答えようとしてくれる姿を見て、ついぽろりとこぼした。

「あれ？　やっぱり昨日と同じ楠木くんだよね」

「……なに言ってんの？」

と笑う右肩が上がっていない。

あ……。

これは笑ってない。なんでだろう。

やっぱり、なにかある。なんだかこれ以上、会話を続けにくい。

順番が来たので、言葉をのみこんだまま御朱印帳を受付へ差し出した。番号札をもらって脇にはける。楠木くんは無言でスマホを見つめている。

話しかけづらい。

だけど、あえて勇気を出して声をかけた。

「調べるの大変そうだったらいいよ。軽く口にしてみただけだから」

「ああ、平気。ちょっと待ってて、たぶんすぐ見つかるから」

傍《はた》から聞いたら普通の会話だ。でも、そうじゃないってあたしの心が叫ぶ。

そのうち御朱印帳が返ってきて、それぞれ受け取る。

帳面を確認すると、素朴《そぼく》な文字で中央に【大黒天】と書かれていた。

やった。

「もらえたね！」

明るく言って彼の手もとをのぞき込む。そこには、【十一面】から始まる長い名前が書いてあった。

あれ、大黒天じゃない。

また、あたしだけもらえたってこと？

これは気まずい。なんでこのタイミングで。

「なにかの手違いだよね、きっと。係の人に聞いてみよう」

「今さら。昨日だって同じようなことがあったじゃん」

「そうだけど……」

さっと御朱印帳をバッグへしまい、彼は正面を向いたまま言う。

「次行こうか」

横顔は怒っているのとも違う。どこか寂しげだった。

なんだろう。すごく気にかかる。

あたしはぐっと拳を握りしめた。聞くのは今だ。

「ねえ、なにかあったんだよね？　もしかしてあたし悪いことした？　だとしたらごめんね。気づかないうちにいやなこと言ったのかもしれない。それとも、具合悪い？」

ズバリと聞かれたらさすがに無視できなかったのか、彼はこちらを向いてくれた。

「急にどうしたの？　宇賀神さんこそなにかあった？」

答えてくれるつもりはないのだと知る。完全にぴっちりと境界線を引かれた。

そんなの寂しいよ。

「いい人っぽい」って言ってくれたの、嬉しかったの。仲よくなれそうって思ったの。

このまま見えない壁を挟んで会話していくの？

いやだよ。もっと近づきたい。だから、

「今度は二人して御朱印もらおう」

あえて言いつのった。

どちらか一方しかもらえない勝負だなんて言われたけど、本当かどうかまだわからない。

決めたくない！

第五章　御霊神社と福禄寿

長谷寺《はせでら》を出て、御霊神社《ごりょうじんじゃ》へ向かう。

大仏や長谷寺へ向かう観光客とは逆行する形で、人々のあいだを縫《ぬ》って進んだ。

大黒天《だいこくてん》の袋の中身についての記事を見つけたといって、楠木《くすのき》くんが自分のスマホをあたしに渡してきた。

「ありがと。――寿命《じゅみょう》、人望、清麗《せいれい》、威光、愛嬌《あいきょう》、大量。……へえ、漠然《ばくぜん》としてるね」

「ご利益《りやく》とかって、だいたいぼんやりしているものだから」

「友情、努力、勝利！　みたいなほうがわかりやすいのに」

「そうかもね」

返答に熱がこもっていないのは相変わらずだが、それでもあたしはぺらぺらと語りかける。

「あ。七宝なのに、六個しかないって不思議じゃない？　そういえば、七宝焼きっていうのもあったよね。あれも数字の七は関係ないただの名称なのかなあ」

興味を引く話をすれば、朝と同じく心を開いてくれるかもしれない。あたしはあたしでいいって、彼は言ってくれたんだから。

人通りの少ない路地を道なりに進む。やがて、拝殿の真横につながる裏道から御霊神社の境内《けいだい》へ入った。右手に拝殿、左手に宝蔵庫と社務所《しゃむしょ》が並び、その奥に石造りの鳥居が見える。境内は視界に収まるコンパクトな広さだ。

観光客でいっぱいだった長谷寺と違って人は少なく、隠れスポットみたいな雰囲気《ふんいき》だった。どことなく、昨日二か所目におとずれた妙隆寺《みょうりゅうじ》を思い起こさせる。隼斗《はやと》がまなうらに浮かんだ。

足もとを、もふもふしたものが横切る。

「あっ、猫！」

白地に黒のかつらと黒いマントをつけたような模様の猫がいた。猫は立ち止まると姿勢を正してこちらを見る。つられて気をつけをして猫と向かい合った。

目が合ったのは一瞬だった。猫は再び歩き出す。貴人のごとく優雅な動きだ。思わずついていくと、鳥居に着いた。猫はドヤ顔で振り向く。

もしかして、横道から神社へやってきたあたしたちに、正しい入り口を教えてくれたのかもしれない。

「すごい。お利口さんだね。もう一度鳥居を出て、入ってくればいいのかな」

満足そうに目を細めたので、きっと正解だ。

「楠木くん、こっちこっち」

拝殿へ向かおうとしていた彼を呼び止める。今度こそ二人して御朱印をもらおうと決めたんだから、一緒に行動したい。

「猫が教えてくれたの。入り口からやり直してお参りしよう」

面食らって立ち止まったままなので、いったん戻って彼のカバンをつかむ。無理やり引っ張っていく。

いよいよ鳥居をくぐろうとして、びっくりすることに気づいた。

「線路⁉」

鳥居のすぐ外側は江ノ電《えのでん》の線路で、鳥居に重なるようにして踏切が立っていた。踏切の向こう側には観光客がずらりと肩を並べている。みな一様にごついカメラを構えてこちらへ向けているのだ。江ノ電と鳥居のコラボを撮ろうということらしい。

「すごい。御霊神社ってこんな線路の近くにあったんだね」

長谷寺に比べて人が少ないなんて思ったあたしがバカだった。観光客はまもなくやってくる電車を待っていたというわけだ。

踏切が鳴りはじめる。

遮断機《しゃだんき》が下りて、神社と人間界とのあいだにきっちりと線が引かれた錯覚《さっかく》がした。

大地がかすかにふるえ、規則正しい音が聞こえてくる。時折、金属がかすれる高音が耳に響く。

観光客のカメラのレンズがきらりと輝いた。

電車の風圧に一瞬まぶたを閉じる。

「――っ」

次に目を開けたとき、くすんだ緑色の電車が映った。二両しかない。

珍しい。

最近では早朝や深夜に見かけても、昼間は四両編成が多い。

電車が通り過ぎていく。遮断機が開くと、向こう側の風景は一変していた。

「……？」

誰もいない。

辺りはしんと静まりかえっている。

それだけじゃない。

ゆっくりとまばたきして、もう一度改めてまぶたを開く。さらに目をごしごしとこすってみる。

だけど、おかしな光景は変わらなかった。

「嘘……」

一面がセピア色に染まっている。まるで古い写真の中だ。

ふらりと一歩踏み出す。

線路がなくなっている。

見上げると踏切もない。ただ、石造りの鳥居だけがどんと立っており、足もとにはセピア色の葉紫陽花《はあじさい》が揺れていた。

「なにこれ、どういうこと⁉」

銀河鉄道に乗ったら異世界につきました、みたいな？

いや、乗ってないし。江ノ電が通り過ぎただけだ。

待って、待って。落ち着こう。

まず線路はどこいった？　ていうか、ここはどこ？　瞬間移動したの？

まさかあたし寝てる？　夢見てるとか？

『悪夢、見たりしないかー？』

隼斗の声が頭の中でよみがえる。

ほかにも聞いた。

『悪夢にむしばまれかけているんじゃよ』

バス停で会ったおじいさんが言っていたの。

そう、悪夢……。そっか、夢、なの？

夢なら覚めるよね？　どうすれば？　鳥居に頭をぶつけてみる？

「――、――、……さん、羽美《うみ》！」

「っ！」

はっとして顔を上げる。そこには、心配げにこちらをのぞきこむ楠木くんがいた。

「あ……」

足ががくがくする。力が抜けて、その場にへたり込んだ。真夏の熱を吸った大地なのに、ひどく冷たかった。

「大丈夫？　落ち着いて」

セピア色の景色は変わらない。夢から覚めてもいない。でも、一人じゃなかった。

「よかった……」

涙がにじむほどほっとする。

だけど、すぐに回復するほど元気でもなくて。

足に根が生えたように、立ち上がれなかった。

「つかまって」

大きな手がのびてきて、腕をつかんでくる。

力強く引っ張りあげられて、やっと地に足裏がついた。

「神サマたちのいたずらなのかな、これ」

ため息まじりに言う楠木くんは、パニックになっていたあたしと違って堂々としている。

「なんでそんな普通なの」

こっちは情けないことに声までふるえちゃっている。

「俺だってぜんぜん普通じゃないよ。だけど、昨日から目の前で急に神の戦いが起きたり、代理戦争をしろと言われたり、おかしなことだらけだしさ」

言われてみれば。

「これ、いったいどうなってるんだろう……」

「電車が通り過ぎたらおかしくなったから、もう一回電車が来るのを待てばいいのかなとも思うんだけど、線路ごと消えてなくなっちゃったしな」

腰に手を当て冷静に分析する彼は、なんだかすごく頼もしい。

本当に一人じゃなくてよかった。

「ほかに誰もいなくなっちゃったね」

鳥居の外にも内にも人っ子一人いない。セピア色の境内がぼんやりと広がっている。

その中で、白黒の小さな生き物が歩いているのを見つけた。猫だ。この神社に来てすぐ、あたしを鳥居へ導いた神職さんの猫。

「あの子……」

指さすと、楠木くんもすぐ気づいたようだ。

セピア色なのは風景だけで、生き物はちゃんと色づいている。

猫はしっぽをぴんと立て、社務所《しゃむしょ》の隣に建つ蔵の中へと姿を消した。

「なにがあるのかな」

「宝蔵庫には、面掛行列《めんかけぎょうれつ》で使う仮面が飾られていたはずだよ」

あたしの疑問を受け、説明してくれる。

「九月の中旬に行われるお祭りで、お面をかぶった行列が近所を練《ね》り歩くんだ。十個あるお面の中には七福神《しちふくじん》の福禄寿《ふくろくじゅ》もいて……」

そういえば、楠木くんの態度が自然なことに気づいた。

「楠木くん、もとに戻ってる！」

思わず叫ぶ。彼が気まずげに視線をそらした。

「あ……、また言っちゃった」

あわてて口を押さえてうつむく。すると、あきらめたようなため息が聞こえた。

「はあ、やっぱり態度悪かったよね。——ごめん。でも、今はそれどころじゃないから、あとでね」

たしかに、緊急事態だ。

顔を上げたら、まっすぐ目が合った。もう彼の視線に違和感はない。

嬉しい。こんな状況下でどうしようかと焦っていた気持ちが少しだけ落ち着いた。

と、宝蔵庫の両開きの扉が内側から大きく開く。

真っ赤な顔に長い鼻の天狗《てんぐ》が現れた。

「……っ!!」

あまりの衝撃に、身体《からだ》が硬直してしまう。半開きの口からは叫び声すら出ない。

天狗は橙《だいだい》色の大きな被《かぶ》り物をして光り輝く金襴緞子《きんらんどんす》をまとい、宝蔵庫の階段を下りてくる。

その後ろには、青い着物に赤い袴《はかま》をつけた男が続く。男の顔は土気色をしており、人間と動物が入り交じったような異形《いぎょう》だった。蔵から出てきたのは一人ではなく、二人、三人と同じ青い衣装を着たものが続く。彼らは全部で十一人。天狗を先頭に、列をなしてこちらへ向かってくる。

「や、いや……っ」

怖い。

まさか、あたしたちを捕まえにきたの⁉

逃げ出したくとも、恐怖で足が動かない。

どうしよう。

すがるものを求めてふるえる手を伸ばした。なにか布地の感触がしたので、きゅっとつかむ。楠木くんの袖《そで》だった。

「……宇賀神《うがじん》さん」

彼はあたしが真っ青な顔をしていることに気づいたようだ。低い声でやさしく言い聞かせてくる。

「大丈夫。あれ、たぶん面掛行列だよ」

「面、掛……」

「ほら、さっき説明したお祭りの行列。みんなお面をつけているだけのただの人だ」

おそるおそる行列を見る。たしかに、天狗だと思っていた先頭はお面をつけた人だった。

後ろの十人も。

――人間。

そうとわかれば少しだけ恐怖が引いた。だけど、まだ完全に怖くなったわけじゃない。セピア色の景色の中でカラフルなその人たちはやはり異質だった。

彼らはゆっくりとした足取りでやってくる。

あたしは動くようになった足で、じりじりと下がった。しかし、楠木くんは直立不動で行列に向かう。

「あの、すみません」

なんと自ら声をかけた。あたしは焦ってしまって彼のバッグを引く。

「やめて」

けれど、彼はあたしを背中へかばうふうに前へ立った。

「ここはいったいどこですか？　なにかご存じですか」

彼の背は緊張にこわばっていた。しかし、物怖《ものお》じせず立ち向かう。

すごいな、楠木くん。

尊敬の念を覚えた。

あたしも、びくびくしている場合じゃない。

とはいっても、そんなすぐに気分は切り替えられない。おそるおそる様子をうかがう。行列は話しかけたというのにあたしたちへは目もくれない。まっすぐ鳥居の外を見つめて静かに進んでいく。

……気づいてしまったんだけど、衣《きぬ》ずれの音や足音が聞こえない。

これは、ヤバイ。

全身にぶわあっと鳥肌が立つ。

「やっぱお化けなんじゃ……？」

口にしちゃいけないと知りつつ、つぶやいてしまった。

言わずにいられなかった。楠木くんの背中も一瞬ぴくりと反応する。けれど、すぐにしっかりとした声で否定してくれた。

「神社に悪いものがいるはずないよ」

本当に？

彼の言うことが信じられないわけじゃないけど……。

あたしたちの横を通り過ぎ、鳥居を出てどこかへ向かって歩いていく後ろ姿を眺める。

着物姿が小さくなったころ、楠木くんが言った。

「ついていこう」

やだ。

ぶんぶんと首を振る。

「どうしたの。らしくない」

「らしくないってなに」

食ってかかる。彼は悪くないってわかる。でも、恐怖でおかしくなってしまいそう。

八つ当たりされても、彼は怒ったりせず逆に穏やかな声で言い含めてきた。

「節分《せつぶん》に神社の豆まきへ行ったことがあるんだけど、『神社は鬼がいないから鬼は外とは言わない』って聞いたし。それと同じだよ」

理路整然と諭《さと》されると、うなずくしかなくなってくる。彼はなおも言いつのった。

「前向きでぐいぐい進んでいく宇賀神さんはどこへ行ったの？　いきなり神の戦いに巻き込まれても、御朱印がもらえなくても、俺がテンション低くても、ぜんぜん引かなかったでしょ」

すっと手が差し出される。

大きくて、頼りになる男子の手。

「ここにいてもなにも解決しない」

磁石《じしやく》に引き寄せられるように手を取った。

ぎゅっと指先が包み込まれる。

あたたかい。

「一緒に行こう」

力強い声に励《はげ》まされる。

楠木くんと一緒に。

そう。次の御朱印は一緒にもらいたいって思ったの。

握ってくる手の力。

胸に巣くっていた恐怖とか不安とかが彼の手のひらへ吸い取られるみたいに、小さくなっていく。

うん。行こう。

顔を上げた。彼もこちらをまっすぐ見ている。その顔にうっすらと笑みが浮かんだ。右肩がかすかに上がる。

「……っ」

胸に小さな明かりが灯った。

あんなに怖かったのに。

不思議。

二人一緒なら、なんとかなる気がしてきたよ。

「走る？」

「カバン貸して。俺持つ」

彼はあたしからカバンを受け取り、再び指を握ってきた。

もう、怖くない。

行列を見失わないよう、二人して駆けだした。


鳥居を出て石段を下り、紫陽花《あじさい》に挟まれた下り坂を行く。

あたしたちの前には、面掛行列が音もなく歩いている。堂々と後をつけようが、声をかけようが、彼らはまったくこちらに反応しない。ただ黙々と前を見て進み続けている。

道の左右には屋根の低い民家が建ち並んでいる。けれども、輪郭《りんかく》がセピア色にぼやけており、実体があるのか幻なのかわからない。人気《ひとけ》もまるでなかった。

「どこへ行くつもりなんだろう」

楠木くんはあたしの手を引き、ゆっくりと進む行列の横へ並んだ。手前に広がる景色は、やはりあたしの知っている長谷《はせ》駅周辺とはまったく違う。時代劇のセットのごとく古びた街並みと、はるか向こうに静かにたたずむ由比《ゆい》ヶ浜《はま》が見える。

「タイムスリップとか、そんな感じなのかな」

つぶやくと、楠木くんは「あ」と声を上げる。

「スマホ、つながる？」

バッグから取り出し、画面をタップする。……しかし、つかない。

あたしもカバンを受け取り、スマホをつけてみようとした。やはり、電源すら入らず画面は真っ暗のままだ。

「圏外どころか、使えないみたい」

やっぱりここは、異世界的な不思議空間なのかもしれない。

「戻れるのかな」

弱気になると、すかさず励まされる。

「きっとあの行列にヒントがあるはずだ。もう少し様子を見てみよう」

……うん。

彼が言うなら、大丈夫だ。

さっきは怖くてきちんと直視できなかったけど、改めて観察してみる。たしかに彼らはお面をつけている。生気のない無機物の色で、どれも変わった風貌《ふうぼう》をしている。ふつうの人間とは違い特徴をこれでもかと強調したつくりのせいか、あたしでもそれぞれの区別がついた。

「お面の顔って、みんな違うんだね」

「先頭が天狗で、十のお面は順番に爺《じい》、鬼、異形《いぎょう》、鼻長《はなnext》、烏《からす》天狗、翁《おきな》、火吹男《ひふきお》、福禄寿、おかめ、女のはずだよ」

　爺と翁の違いっていったい。

　順番にじっくりと見ていく。

【天狗】はなじみがあった。赤い顔につきだした太い鼻を持つ鳥顔だ。続く【爺】はおおげさなほど眉《まゆ》をひそめた垂れ目で口をへの字に結んだ困った顔をしている。次は、まん丸のぎょろ目に裂けた口から牙と舌がのぞく【鬼】、ひどくつり上がった目と天狗に似た鼻をした【異形】、三角形の小さな目に魔法使いを連想させる鉤鼻《かぎばな》の【鼻長】、赤い顔にくちばしを持つ【烏天狗】、穏やかな笑顔をしているが長い髭《ひげ》を模した顎《あご》の形がごぼうのごとく突き出した【翁】、ひとりだけ青銅色をし、くしゃっとした小さな顔の【火吹男】。

　ぱっと見に怖いとふるえ上がったが、よくよく見ていけばどれもユニークな顔立ちで、いやがるようなものではない。

　子供みたいにおびえていた自分が、ちょっと恥ずかしくなった。

「七福神は八番目のお面？」

たずねると、すぐ答えが返ってくる。

「そう。長い頭と白い髭で、イメージ通りの福禄寿だね」

正直あたしは【福禄寿】を知らない。七福神の中では大黒天とか恵比寿天《えびすてん》、弁財天《べんざいてん》はなんとなくわかっても、全員の名前や姿をきちんと覚えていなかった。

行列の横をつかず離れず歩きながら観察を続ける。

福禄寿はほかのお面と比べて縦に長い輪郭をしていた。しかし、顔の特徴がつかめない。

「なんの神様なの？」

「福禄寿の福は幸福、禄は俸禄《ほうろく》、つまり給料。それと長寿の『福禄寿』。人間のほしいものすべてをかなえてくれる神のイメージかな。寿老人《じゆろうじん》と同一っていう説もあって」

「は？　同一ってどういう意味」

寿老人は昨日おとずれた妙隆寺の神サマだ。共通点っていったら名前に〝寿〟の字がつくだけ。これでは山本《やまもと》さんと山田《やまだ》さんが同一人物というようなものだ。

「本に書いてあっただけで俺もよくわからないけど、どっちも南極星《なんきよくせい》の化身らしいよ」

「北斗七星《ほくとしちせい》的な？　双子星なの？」

「いや。南極星は北極星の対極の星だから、一つだよ」

「じゃあ七福神はもしかして六福神かもしれないの？」

楠木くんは困ったふうに首を傾《かし》げる。

「昔から伝わってることだし、その辺はわりとぼやっとしているのかもね」

「えーっ、ダメでしょ。だって考えてもみて。七匹のこやぎが実は六匹でした！　っていったら結末変わっちゃうよ。そこ、重要だよ」

食ってかかると、彼は噴き出した。

「宇賀神さんってホントおもしろいね。こんな状況でボケ倒せるのとか軽く才能かもしれない」

「笑わないでよ。ボケたつもりはないもん」

「いいじゃん。おかげで俺も緊張がほどけたし」

「……」

緊張、してたんだね。

パニックになっていたのはあたし。彼は励まして導いてくれた。平気そうにふるまっていた。

だけど実際はきっと、少なからず怖い思いもしてたんだよね。不安を胸へ押し込めて、力強く手を引いてくれた。

かっこいいね。

急にまぶしく思えて目をそらした。こめかみのあたりにじわじわと熱が集まってくる。火照《ほて》っていく頬《ほお》へ手を当てた。首を振って熱を散らす。

落ち着いて、あたし。今はなにをすべきところ？

そう。福禄寿がどんな神様なのかなって観察していたんだよ。

もう一度目を戻して姿をじっくりと眺める。

高い下駄《げた》を履《は》いてゆったりと歩く福禄寿は、左手に如意棒《にょいぼう》を持ち、右手には巻物を携《たずさ》えている。前後の人物に比べて背が低いが、下駄が高いのと頭が異様に長いために同じくらいの身長に見える。

「……？」

なんでだろう。顔が普通すぎる。

普通って言い方は違うのかもしれない。

その辺にいる人たちと同じに見える。

その後ろを歩く【おかめ】へ目を移す。人間離れした大きなしもぶくれの輪郭におちょぼ口の顔だ。黒い頭巾をかぶって白無垢《しろむく》を着て大きなおなかを抱えている。最後尾の【女】はあまり特徴はないが、土気色をした面には硬い笑みが貼りついている。

福禄寿だけが、まるで人間のようなのだ。区別のつかないクラスメイトを見るときと同じ感覚だ。

あたしは立ち止まった。楠木くんも足を止める。行列はあたしたちをおいて先へ進んでいった。

「福禄寿ってどんな顔してた？」

真剣にたずねる。

「おかめの前を歩いていた人でしょ。優しそうなおじいさん。見逃した？」

「見逃したどころか、じろじろ見たんだけど……わかんなかったの」

天狗も爺も鬼も異形も――ほかのお面は全部特徴がつかめたのに。

「福禄寿だけは同じに見えた。クラスメイトとか、いわゆる普通の人間と一緒の顔だったの」

少しの間をおいて、彼も真面目《まじめ》な表情になる。

「それって……。人の顔が区別つかないって言ってたのと同じ意味？」

強くうなずく。聡明な彼は察してくれた。

「うん。変だよね。お面なのに」

「お面……じゃなかったりして？」

素顔ってこと？

もう一度目を戻す。

「……境目がなくない？」

お面と首との。

あたしの言葉を受け、楠木くんがつぶやく。

「だけど、あんな長い顔って普通じゃない」

人間離れした輪郭——。彼は声を潜めて言った。

「——本物の福禄寿だったりして」

顔を見合わせる。

このセピア色の空間は、神が作り出したものなのかもしれない。

あたしたちは昨日、蝶子や典龍と知り合った。ほかにも寿老人や恵比寿天、そしてさっきも大黒天の御朱印をもらって七福神と縁を結んでいる。だから、ひょんなことから彼らの世界へ足を踏み入れてしまったとしてもおかしくはない。——きっとそうだ。あれは福禄寿。すとんと納得した。

だとしたら、彼にお願いすればなんとかしてもらえるのでは？

示し合わせていないけど、ほとんど二人同時に口を開く。

「福禄寿さん！」

「俺たちを、もとの場所へ帰してください」

行列はそのまま歩く速度を変えずに進んでいった。

……と見えたけど。

瞬きをして次にまぶたを開いたときには、あたしたちの目の前に知らない男性が立っていた。ざんばら頭に着流し風の着物、裸足《はだし》に高い下駄。現国の教科書に載っている昔の大作家のような格好だが、着物が梔子《くちなし》色なので妙な雰囲気《ふんいき》となってしまっている。前髪を左右へ分けて、広い額が目につく。額の左右にはくっきりとした青筋がそれぞれ立っていた。

二つも青筋立てている人、はじめて見た。

「この人は誰？」

こそっと訊くと、男性の青筋がさらに濃くなった。

「誰っておまえらが呼んだんだろう。いかにも俺が福禄寿、この姿では高斗《たかと》と名乗っている」

なんかまた濃い神サマがキター！

さすが蝶子と典龍の仲間だ。

さっきの老人姿はなんだったのか。すっかり若者に変身している。

「おまえさあ、心の声ダダ漏《も》れだかんな。鎌倉《かまくら》市民のために毎日仕事してる俺と喧嘩《けんか》ップルを一緒にすんなよ」

「ひっ、心を読むとかえげつない」

「堂々と声にも出すな」

蝶子ですっかり耐性ができてしまったせいか、遠慮《えんりょ》のない発言が口からこぼれてしまう。

「鎌倉市民のために仕事をしているっておっしゃいましたが」

あたしと福禄寿のどうしようもない会話に割って入ったのは、一番冷静な楠木くんだった。

「さっきの面掛行列のことですか。たしかお祭りは九月のはずでしたが、なぜこんな形で行っているんですか」

福禄寿はぱっと顔を輝かせた。

「いい質問だ。今、鎌倉の町にはやっかいな病《やまい》が蔓延《はびこ》ってな。被害を最小限に抑えるために、俺は毎日神事を執《と》り行って町を浄化している。ほかに質問は」

真面目に授業を受ける生徒のごとく楠木くんは姿勢を正したまま問いかけた。

「ここからどうやったら出られますか」

「ああん？　おまえらが勝手に入ってきたんだ。俺との縁を求めて。どっちかがかなり強く望んだんだろう」

広い額の青筋をさらに深めて福禄寿が言う。

神サマとの縁を求めて——。

福禄寿の御朱印をもらいたいと強く求めたのはあたし。今度こそ、楠木くんと二人で一緒にって強く願ったの。そうすれば、ぎこちなくなっていた関係がどうにかなるかもしれないと考えて。もっと仲よくなりたいから。

「……っ」

とっさに顔を上げた。福禄寿がこちらを意味ありげに見つめている。神サマはこちらの心内語をばりばり読んでくるからあなどれない。

「ふうん、へえ」

「な、なによ」

「二人で……仲よく……」

「わーわーわー」

声に出されたらおしまいな気がして、あわててその場で両手を振る。

ひとしきりあたしをからかって、福禄寿は袖《そで》に手を入れて腕を組んだ。

「で。どうすんだ。ここまでわざわざついてきて、俺の正体を当てたんだし御朱印を書いてやるよ。どっちがもらうわけ？」

暗に一つしかもらえないのだと宣言された。

だけど、気づかないふりをして明るくたずねた。

「二人とももらいたいん……」

「無理っぽいなあ」

かぶり気味に否定される。とはいえ、ここまで来たんだから簡単にはあきらめられない。しかも、「無理だ」と断言されたならまだしも「ぽい」ってなんだ。押せばなんとかなるのではないか。

「なんとかお願いできませんか。一緒にいるのに片方だけしかもらえないなんて、神サマ的にどうなんですか。不平等だと思いませんか」

ざんばら頭をがりがりとかいて不本意そうにされる。

「あのさ、どっちか片方しかもらえないってルール、蝶子と典龍が決めたんだろう。神が定めたってことはもう、運命なんだよ。変えられない。おまえらだって、こんな競争やりたくもないけど、やめさせてもらえないんだろう」

運命。

重い言葉だ。

たしかにあたしたちは、御朱印集めをしなきゃいけない気になってた。やーめたって言えたはずなのに。あれは蝶子たちの神の導きってやつだったのだろうか。

「じゃあ、宇賀神さんがもらいなよ」

唐突《とうとつ》に楠木くんが言う。

「え、あたしはいいよ。さっき大黒天のもらったもん」

「なんで。昨日言ってたじゃん、ガンガン行くから遠慮はしないでって」

言った。言ったけど。

今は勝負とかどうでもよくなっている。ただ楠木くんと二人して御朱印をもらいたかった。

どうしてかな。

彼の態度がなにかおかしいって気づいてから、寂しいと思った。もっと近づきたいと願った。今日は彼のことをよく知って、昨日よりも仲よくなりたいと。

「お取り込み中悪いけど、俺、神事へ戻りたいんだが？」

腰へ手を当て、福禄寿がため息混じりに言う。すると、楠木くんがあたしの背を軽く押してきた。

「福禄寿の正体を当てたのは、宇賀神さんでしょ」

これ以上ごねられない雰囲気だった。仕方なくカバンから御朱印帳を取り出し、白いページを開く。福禄寿がさっと手のひらをかざしたと思えば、御朱印が浮かび上がった。さすが神サマだ。文字はまるで英語の筆記体のような細字で丸みを帯びており、左下に小さく猫の肉球が描かれている。遊び心満点の御朱印は一目でお気に入りとなった。

「じゃ、俺は行く」

かったるそうに腰をたたきながら福禄寿は背を向けた。だけど、少し歩いてからなにかを思い出したのか振り返る。

「おまえらさあ、御朱印全部集めたらどうすんの？」

無言でいると、楠木くんがいたずらめかして答える。

「宇賀神さんは彼氏を作るんだよね」

「ちょっ、やめてよ。あれはナシ」

蒸し返さないでよ、恥ずかしい。

きっと福禄寿があきれたふうにこっちを見ているんだろうと思って顔を上げる。だけど、違った。

そこにいる神サマは、まるですべてを包み込むようなあたたかい空気を醸《かも》し出していた。

「もしかしておまえらなら、なんとかしてくれるのかもな」

右手を上げ、今度こそ去っていく。

「やり遂《と》げろよ。期待してる」

福禄寿の姿が見えなくなると、セピア色の世界は霧が晴れるかのごとくさーっと消えていった。

潮の香りが鼻孔《びこう》をくすぐる。

気づけばあたしたちは浜辺に立っていた。空は明るい灰色、海は穏やかに白く波打っている。

「どこ⁉」

また変な場所に出てしまったのでは、とあわてるあたしの横で、冷静な声がする。

「由比ヶ浜じゃないかな。富士山《ふじさん》も江《え》の島《しま》も見えないから」

材木座《ざいもくざ》海岸から由比ヶ浜にかけては海岸線が陸地側に半円を描いて食い込んでいるのだ。だから、海岸線に目印となるような観光名所が見えない。

「じゃ、帰ってこられたんだね？」

周囲を見渡す。たしかに見たことのある鎌倉の海だ。波間にはウェットスーツを着たサーファーがちらほらいるし、浜辺をジョギングする人、犬の散歩をする人の姿もある。少し離れた場所では海釣りをしている金髪の男性がいて、なんだかどこかで見かけたような……。

とにかく。

「よかったあ」

胸に手を当て空を仰《あお》ぐ。かぎなれた海の匂《にお》いを胸いっぱい吸い込んだ。

「座ろうか」

促されて、浜辺と道路をつなぐコンクリートの坂へ並んで腰を下ろす。

緊張していて今まで気づかなかったけど、座った瞬間どっと身体《からだ》が重くなった。かなり足腰が疲れているのを思い知る。

体育座りをして膝に顎《あご》をのせた。情けないほど大きなため息が漏《も》れる。

「福禄寿って、強烈な神サマだったよね……」

隣で楠木くんもやれやれとばかりに息をついた。

「そうだね。目の前で戦いをはじめた典龍さんたちもすごかったしね」

「あー。あっちのほうがすさまじかったかもね。神サマって計り知れない」

蝶子や典龍に比べたら、福禄寿は仕事をしている分マシなのかも。

ん？　仕事？

そういえば、鎌倉で病が流行《はや》っていると言っていた。

そんな噂《うわさ》は聞いたことがない。冬場のインフルエンザでもあるまいし。

なんだろう。でも、神サマがそれを治すために神事を執《と》り行っているならば、気にしなくていいのかな。

しばらく無言で物思いにふけっていた。

曇り空を照らした海は穏やかで、眺めているだけで落ち着く。

疲れが取れてきたら、今度はおなかがすいてきた。

今、何時くらいなんだろう。カバンに食べるもの入れてたかな。ガムくらいならあったかも。

「——さっきはごめん」

「え」

急に話しかけられて、目をしばたたいた。

お菓子を探そうとカバンへつっこんでいた右手を中途半端に止める。

謝られるようなこと、あったっけ。

「俺が不機嫌だったのに気づいてたでしょ。隠しきるつもりだったけど。ごめん」

「ああー……」

「もう忘れてたって顔してるね」

ズバリと指摘されて頬《ほお》を赤らめる。

「だって、あんまりにもいろんな事件がありすぎて、キャパシティーが足りないよ」

それに、あのときの楠木くん、本当に機嫌が悪かったのかな。

小さくなっていく背中はとても悲しげに見えた。

「とにかく、ごめん。いやな思いさせた」

こちらを向いて頭を下げられる。そんな、謝らなくていい。

「大丈夫、気にしないで。もう済んだことだし、いいじゃん。誰だってテンションが上がったり下がったりするものだよ」

「ホント？　宇賀神さんって、不機嫌なテンションを人へぶつけたりする？」

「……うーん、どうかな？」

「なさげ。いい人っぽいし」

「あ、またその評価！　でも、『いい人』って言われるの悪くないねえ」

肩をふるわせて笑う。はじめは申し訳なさそうだった楠木くんも、いつの間にか笑ってくれていた。

よかった。すっかりもと通りだ。

結局御朱印は一つしかもらえなかったけど、それでもあたしの望んでいたことはかなった。福禄寿のおかげだったりして？　感謝しないといけない。感謝は、楠木くんにもだ。

「さっきはありがとう。あたしがパニくってたのを、助けてくれたよね」

「別に、なにもしてないよ」

「嘘。してくれたよ。――そういえばあのとき、名前で呼ばれた気がする」

羽美って。

強くて頼もしい声がまだ耳に残っている。

「そうだっけ」

「はい。しらばっくれない。もういいじゃん、羽美って呼んじゃいなよ。ウガジンサンは六文字で長いでしょ」

冗談めかして言うと、彼も負けじとこちらへ向かってくる。

「じゃ、俺も楠木くんじゃなくていいよ。六文字で呼びにくいのは一緒だから」

「たしかに」

って、名前なんだっけ。

名乗られた記憶がない。いや、どうだろう。あたしが話を聞いていなかっただけかもしれない。昨日は楠木くんと仲よくなろうだなんてちっとも思ってなかったせいで、彼に関する記憶がほとんどないのだ。

まずい。冷や汗が背中を伝う。

ぷっと彼は噴き出した。

「たもつ。武将の将と書いて『たもつ』だよ」

「たも……っちゃん？」

なんとなく呼び捨てするのは恥ずかしくて、変な敬称をつけてしまった。

「ちゃん⁉　ちゃん付けで呼ばれたことないなあ……」

彼は頬を引きつらせる。なんか、あたしのツボにはまった。

「たもつくん、たもっちゃん、たもつくん、たもっちゃん。ちゃん付けのほうが言いやすいね」

「マジで？」

「一応、希望訊くよ。どっちが好き？」

「わりとどっちでもいいかな……」

目と目を交わし、もう一度声を出して笑う。

ただ名前を呼び合うと決めただけなのに、秘密を共有したみたいな気がした。

「俺さ、実は小さいころ両親が離婚して」

海を眺めながら、将が語りだした。

思いがけない話に、あたしは笑いを引っ込める。黙って耳を傾けた。

「まだ小学校に上がる前、母親がある日急に出ていっちゃったんだ。けっこうショックでさ。カッコ悪いんだけど、今でも時々思い出すんだよ」

明るい声の中にも、どこか切なさがにじんでいる。それは、長谷寺で遠ざかっていった寂しげな背中とリンクした。

あのとき、あたしたちは因幡《いなば》の白兎《しろうさぎ》の話をしていた。子供のころお母さんにしょっちゅう読み聞かせをしてもらった、と告げた後で軽々しく口にした。楠木くんのお母さんはどうなのって。

聞かれたくなかったんだね。

なのに、こうして打ち明けてくれた。

なんて声をかけたらいいんだろう。

ごめんね、は違う。話してくれてありがとう？　なんだか偉そう。

自分の語彙力《ごいりょく》のなさにがっかりする。

言葉が出てこないから、代わりに彼の横顔をただひたすら見つめた。視線を感じた彼はこちらを見て唇を緩《ゆる》める。

「とはいっても、今が不幸とかじゃないよ。親父《おやじ》は少しして再婚したんだけど、新しい母さんとはなにも問題なくうまくいっているんだ」

嘘をついているようには見えない。でも、そのまま受け取れもしなかった。

「なにも問題ないってことはないと思うよ。あたしにぐらい愚痴《ぐち》ってもよくない？　お父さんともお母さんとも面識ないわけだし」

穏やかな弧を描いていた彼の唇が引き結ばれる。

やっぱりね。

「羽美はなんで俺の気持ちをズバズバ当てるの？　顔がわからない代わりになんか別のものが見えてるわけ？」

将はこめかみを押さえて苦笑を漏らした。

ここは全力で乗っかるところ？

「そうだよ。人のオーラが見えます。あなたの今日のオーラはピンク色。大吉です」

「……」

冷たい視線が刺さる。

滑った。砂浜に穴を掘って入りたい。

両手に顔をうずめた。

「ふっ、あははっ」

大きな笑い声が耳に届く。

左右の肩を上げてふるわせる将ははじめてだ。両手を下ろして、ぽかんとする。

彼はおなかを抱えてひとしきり笑ってから顔を扇《あお》いだ。頬が赤くなっている。きっと笑いすぎて熱くなったんだろう。

「俺、よく言われるんだ。本心ではなにを考えてるかわからないって。親父と母さんがこっそり俺のことそう話していたのも知ってる。あんまり人と深入りしたくなくて、当たり障《さわ》りのない態度と作り笑いで誰とも接しているから。近寄りがたく思われるらしい」

はじめて会ったときのことを思い出してみる。

彼の第一印象は――地味な人だった。

「おかしいな。近寄りがたいっていうよりも、むしろ逆。真面目《まじめ》できっちりした人、ってイメージだったけど？」

「それな。羽美はなんか最初からほかの人と違った。壁とかまったくなくて、ぐいぐい踏み込んできてビビった」

「え。なんか、ごめん……？」

デリカシーがまるでないやつじゃないか。そんなつもりなかったのに。

「責めたわけじゃない。そういうのもいいなって思った、から……」

歯切れが悪くなる。不思議になって彼を見ると、その耳が赤らんでいた。

さっき大笑いしたせい？　耳まで赤かったっけ。

もっとよく見ると、頬も目もともうっすらと色づいていた。切れ長の綺麗《きれい》な目には長いまつげが並ぶ。鼻筋はすっとして端整な顔立ちだ。口もとはきゅっと引き締まり、凛々《りり》しさと艶《あで》やかさを同時に持ち合わせている。

あ……れ。

なんでだろう。他人と違って見える。

そんなはずはない。もう一度顔を近づけてガン見する。彼は驚いたらしく、大げさに身体を引いた。

「どうしたの？」

「メガネしてない！」

思わず叫んでいた。

そう。メガネがない。昨日はたしか黒縁《くろぶち》のメガネをかけていた。今日駅のホームで向かい合ったとき感じた違和感はこれだ！

「嘘、まさか今さら気づいたわけ？」

こらえきれないとばかりに再び笑いはじめた。

――あたし今、楠木くんの顔を見てる。

楽しげに細めた瞳、大きく開いた形の良い唇、上気した頰。

今日はじめてちゃんと見つめられた。

なんだ。人の顔が区別できるとかできないとか以前の問題だったんじゃない。あたし、朝からこの人のなにを見てたんだろう。

もう、目が離せない。

寄せては返す波の音よりも大きく、あたしの心音が鳴り響く。たまらなく苦しくて、切なくて。

ぎゅっと胸を押さえながら、鮮明な彼の横顔をただ見つめていた。

第六章　浄智寺と布袋尊

由比《ゆい》ヶ浜《はま》を後にしたあたしたちは、長谷《はせ》駅近くのお弁当屋さんでおにぎりをほおばってから帰路についた。

江《え》ノ電《でん》に乗り込んだころには、午後四時を過ぎていた。午前中に待ち合わせをし、二か所しか回っていないはずが時間の経つのが早すぎる。セピア色の空間では時の流れがおかしかったみたいだ。軽く浦島太郎《うらしまたろう》気分である。

「なんにもしてないのにすごく疲れたー」

たまたま座れた座席へ身体《からだ》を預け、あくびをかみころす。

「あんなことがあった後で『なんにもしてない』って言える羽美《うみ》はすごいと思う」

いやに感心した声でつっこまれる。

指摘されてみれば、普通じゃない体験はした。でも、昨日からいろんな事象が立て続けに起こりすぎて感覚が麻痺《まひ》してきているんだよね。

「なんだか眠くなっちゃった。少し寝てもいい？　降りるとき声かけてね」

将《たもつ》は七里《しちり》ガ浜《はま》に住んでいるので、終点まで行くあたしよりも先に降りてしまう。眠くてたまらないけど、最後に挨拶《あいさつ》くらいはしたい。

「了解」

短く答えた彼も、まぶたがどんよりしていた。

ちょっとかわいいぞ。

同級生の男子にそんな感想を抱いたのははじめてだ。もう少し見ていたい気もするけど
……睡魔には勝てなかった。

☆　☆　☆　★　☆　☆　☆

視界が白い。

ここはどこだろう。無機質な白い壁に囲まれた部屋だ。

小さな男の子が泣いている。

『お……かあ…さん、おか、あさん……、おか…あ…さ、ん』

しゃくりあげながら切れ切れに母親を呼んでいる。この子のお母さんはいったいどこへ

行ってしまったんだろう。

『ぼくが、いけないの……？　なんで、いなく、なっちゃう…の？』

かすれた声を聞いていると、こちらの胸がかきむしられるようだ。

思わず駆け寄って、男の子の頭をなでようとする。けれど、あたしの身体は動かない。

一定の距離を保ったまま見守ることしかできなかった。

うずくまって背をふるわせていた男の子は、やがて立ち上がる。その顔を見て、はっとした。

この子、知ってる。

前にも泣いているところを見かけた。

ううん、それだけじゃない。もっと、身近な……？

男の子は部屋を出て白い廊下《ろうか》を走り、玄関の大きな扉の前に立った。裸足《はだし》のままタイルに下り、ドアノブをガタガタと動かす。

開かない。

『おかあさん！』

誰も答えるものはいない。男の子の泣き顔がいっそうゆがむ。金切《かなき》り声《ごえ》が耳をつんざいた。

『いない、いない、どこにもいない！　おかあさん、おかあさん……！』

天を振り仰《あお》いで慟哭《どうこく》する。

真っ白だった辺りが墨《すみ》をまいたようにどろどろと黒くなっていく――


「わあっ」

思わず大声を上げて目覚めた。

ここは江ノ電の中。乗客たちの視線がつきささる。

やだ。恥ずかしい。

変な夢を見て、寝ぼけたんだ。顔にかーっと血がのぼる。

両手で口を覆《おお》い、隣をうかがう。きっと将は笑っているだろう。

と、思ったのに。

「え……」

彼は青ざめていた。膝の上にこぶしをにぎりしめ、小刻みに身体をふるわせている。

「どうしたの、大丈夫⁉」

ちょうどどこかの駅に到着してドアが開いた。七里ヶ浜駅だ。彼の腕を支えるふうにしてあたしも一緒に降りる。

狭いホームに二つだけある長椅子《ながいす》へ座らせ、正面にしゃがんでのぞき込む。ふるえは収まっているようだが、顔色は悪いままだ。無理をして頭をもたげた彼と目が合う。

「……っ!」

とたん、頭の先からつま先まで電流が走った気がした。

将のつらそうな表情が夢の中の男の子と重なった。

小さいころ、母親が離婚して出ていってしまった将。今でも時々思い出すのがカッコ悪い、と口では冗談めかしていたが、切ない目をしていた。

「悲しかったね」

言葉にすると、彼は瞳を見開いた。

「なんで……」

「あたしも見たの。夢。なんでだろう。隣で寝てたせいで、夢までリンクしちゃったのかな。でもね、はじめてじゃないの。ちょっと前にも似た夢、見たことがあって」

夏休みの最終日、江ノ電でうたた寝をしていたとき。悪夢を見たあとで、いやな気持ちを忘れたくて突発的に江の島へ向かった。

「そういえば夢を見た直後に江の島で御朱印帳を拾ったんだよね。近くにいたんじゃないかな?　駅で居眠りしてたりした?　そのとき、夢を見てなかった?」

「覚えてない。似た夢、しょっちゅう見てるから」

「しょっちゅうってまさか、毎晩見ていたり……？」

そんなわけはないだろうという気持ちと半々で聞いた。将は小さく息をつき、視線をホームへ落とす。

「毎晩どころか、今みたいに少しまどろんだだけで見てる。前はこんなことなかったんだ。自分でも驚いてる。俺、このごろちょっとおかしいんだよ。だから、もし典龍《てんりゅう》さんが願いをかなえてくれるなら、夢なんか見ないようにしてほしいって思って……」

両手で額を押さえ、顔をうずめてしまう。

つらそうな様子を見ていると、あたしまで喉《のど》の奥が苦しくなる。そっと肩をなで、彼が落ち着くまでそばにいた。

将の夢……悪夢。

『悪夢、見たりしないかー？』

隼斗《はやと》の声が耳によみがえる。

あれは……――。

漠然《ばくぜん》とした不安に包まれながら、電車を何本も見送った。

☆ ☆ ☆ ★ ☆ ☆ ☆

翌日もあたしたちは御朱印集めを続けることにした。

宝戒寺《ほうかいじ》、妙隆寺《みょうりゅうじ》、本覚寺《ほんがくじ》、長谷寺《はせでら》、御霊神社《ごりょうじんじゃ》ときて、残るは北鎌倉《きたかまくら》の浄智寺《じょうちじ》とゴールの鶴岡八幡宮《つるがおかはちまんぐう》。

浄智寺ってなんか聞き覚えがある……？　ま、いいか。

北鎌倉、鎌倉間は徒歩で回れる距離なので、今日で七福神《しちふくじん》の御朱印集めを終える予定だ。

待ち合わせは北鎌倉駅に午前十時半。

具合が悪いのならもっと遅い時間でもいいし、なんなら別の日にしても、と提案したのだが、将は大丈夫と譲《ゆず》らなかった。

悪夢は毎晩見ているものだからいつだって同じだ、と。

笑顔で言われたけど、無理しているのは明白だった。あたしにはなにもできないのが歯がゆい。

せめて一緒に悪夢を見られたら。少しだけでも思いを共有できるかもしれない。

なんて考えていたけど、眠りについたらすっかり熟睡してしまって、夢のゆの字も見なかった。

使えないあたし……。

がっかりしながら朝の準備をする。できることは、本当になにもないのかな。

徒然《つれづれ》にスマホを開いてネットサーフィンをする。【悪夢】と検索してみたら、〝快適な睡眠を得るためには〟というサイトを見つけた。

「そっか、ぐっすり眠れればいいのか」

今朝のあたしも爆睡していたせいで夢を覚えていないだけかもしれない。リラックスして眠りにつければ、将のつらさも少しは減らせるのではないか。

「よし」

思い立ったら即行動。

さっさと支度《したく》を終え、早めに家を出発した。

目的地は、藤沢《ふじさわ》駅のデパートだ。普段はあまり行かない、江ノ電のホームとは反対方面へ出向く。

安眠には、ハーブティーが効くらしい。

ネットで調べたところ、ハーブ専門店を見つけた。スマホを片手に入店し、カモミールティーを購入する。

それから。

湘南新宿《しょうなんしんじゅく》ラインと横須賀《よこすか》線を乗り継いで北鎌倉へ向かう。車内ではずっとスマホに釘づけで、良質の睡眠をとるために効果的な情報を調べ続けた。

約束の場所にたたずむ将を見つけて、あたしは走る。

「お待たせ」

今日は一目で彼がわかった。

黒のパンツに第一ボタンを外した白のシャツを合わせたシンプルな装《よそお》いをしている。シャツの色が明るいせいか、顔色は悪くは見えない。軽く手を振ってくる様子は、昨日となんら変わりはない。

「おはよう。今日はスカートなんだね」

一瞬ぽかんとする。

——あたしのことか。

キャメル地に白黒チェック柄のワンピースと白のカーディガンを合わせている姿を見下ろした。とくにおしゃれをしてきたつもりはない。なのに、改めて指摘されると背中がこそばゆい。

そもそも「今日は」ってなんなの。

「昨日の格好覚えてるの？」

照れくささを隠そうと、生意気にも聞いてしまう。

彼はあっさりと答えた。

「肩がまるっと出た服着てた」

なんで。

自分でも昨日着ていた服なんて思い出そうとしなきゃ思い出せない。

たしかにオフショルダーのチュニックを着ていた。彼はそれを見て、しっかり記憶していてくれた。

胸の奥がそわそわする。無意味にその場で足踏みをした。

「行こうか」

促されて彼の後へ続く。今日は朝から真夏の太陽が元気に輝いている。今も暑いがさらに気温が上がるだろう。

「水持ってきてる？　補給しながらゆっくり行こう」

手にしたペットボトルを振りながら将が言う。

「お互いに無理しないようにしよう。ね、今日はちゃんと寝れたの？」

「ん」

「本当に？　そうそう、渡すものがあったんだ」

後ろから包みを差し出す。

「ハーブティー。よかったら夜寝る前に飲んでみて。ぐっすり眠れるらしいの」

戸惑っている手に無理やりねじ込む。

「え……。気にしてくれたの？」

「そりゃそうだよ。あたしたち、と……」

友達じゃん、と言おうとしてのみこんだ。

友達。いつから、友達になったのかな。そもそも、友達って認識でいいの？

偶然に御朱印帳を拾った縁で、神サマの諍《いさか》いに巻き込まれて行動を共にしている。だけど、住んでいる場所も違えば学校も違う。これが終わったら、もう二度と会わないのかもしれない。

それは……なんだか、寂しい。

胸に細い針が刺さったような痛みが走る。

「と？」

変なところで単語を切ったから、将は不思議そうにしている。

流してくれればいいのにさ。

仕方がないので、適当にごまかした。

「と、と……、とんとん拍子に進むといいね！」

「は」

わけのわからないあたしの返事に、彼は右肩を上げた。笑われたのは恥ずかしいが、なに言ってんだってバカにされるよりはましだ。

とにかく話をまとめてしまおうと、勢いそのままに続けた。

「ほかにも寝る前にするといいマッサージとか、おまじないとかもあるんだ。ここじゃないんだから、どこか落ち着いたら教えるね」

「おまじないってなんだよ。ホント羽美は読めない。……でも、ありがとう」

足を止め、こちらへまっすぐ視線が注がれる。彼はかすかに口角を上げ、困ったような照れたような笑みを浮かべている。

「……っ！」

とっさに肩にかけていたカバンを持ち上げ、顔に押し当てた。

なんか直視できない。

「今度はどうしたの？」

「まぶしくて」

将の笑顔が。

「ああ、いい天気すぎるよね。なるべく日陰を歩こうか。あっち側へ渡ろう」

カーディガンの袖《そで》を軽くつかんで、反対側の歩道を示してくる。

直接ふれられたわけではないのに、腕がじんじん痺《しび》れてくるのはなんでだろう。もしかしたらあたしも、昨日の悪夢にあてられておかしくなっちゃったのかもしれない。

ゆっくり歩いて十分ほどで、目的の浄智寺へ着いた。

駅に着いた時点では周囲に観光客が多かったが、この辺りは閑散《かんさん》としている。北鎌倉には国宝の舎利殿《しゃりでん》と梵鐘《ぼんしょう》が有名な円覚寺《えんがくじ》や、初夏になると青い紫陽花《あじさい》で埋め尽くされる明月院《めいげついん》など見どころがたくさんあるから、観光客が分散されるのだろう。

林の中に苔《こけ》むした石橋が現れ、上りの細い石段が続く。石段の途中に小さな山門があり、さらに奥は豊かな緑に閉ざされていて見えない。

「仙人の住処《すみか》みたいだね」

木立に日差しが遮《さえぎ》られるせいか、風が吹くと涼しくて心地よい。空気もおいしく感じられる。

自然と足が弾んだ。ひょいひょいと石段を上りはじめる。

「滑りやすいから気をつけて」

たしなめる声が追ってくる。

「平気平気」

子供じゃないんだし。なんて、余裕をかましていたら、

「わあっ」

ずるっとかかとを踏み外した！

「あっぶな」

すかさず、後ろについてきていた将が受け止めてくれる。思いがけずがっしりとした腕に包まれた。結構な勢いで後ろへ反り返ったと思うんだけど、彼はびくともしない。

転びそうになった衝撃よりも、背中に伝わる彼の熱に驚いた。心臓が飛び出るんじゃないかってほど高鳴る。

「あ、あ……、あの、ご、ごめ……」

「言わんこっちゃない。足、大丈夫？」

肩越しに顔をのぞきこまれる。

背が高いとは思っていたけど、上の段にいるあたしよりもまだ目線が高い。いや、そんなことより、近い!!

「大丈夫。足、健康なの……」

「ぷ、なんだそれ」

肩を押し戻して、まっすぐ立たせてくれる。足は痛くないけど、身体《からだ》がふにゃふにゃしちゃって歩くどころではない。

「やっぱり痛めた？」

「違うって。平気」

「無理されるのは、あんまり嬉しくないな」

「それは、あたしだって」

負けじと言い返せば、将は少し考えた。そして、納得してうなずく。

「わかった。俺もつらいときは正直に言うから羽美もそうして」

真摯《しんし》なまなざしがあたしを貫く。

本当に心配してくれてるのが伝わってきた。だから、こっちも茶化したりはできない。

きりっと唇を引き結ぶ。

「ごめんね、ちょっとはしゃぎすぎたみたい。足は本当に痛くない。落ちそうになってびっくりしただけ。今度は気をつける」

「ん」

大きな手が差し出される。つかまれってことだろう。

……昨日はどさくさに紛《まぎ》れて何度か手をつないだ。今さらだけど、思い返すと照れる。だけど、いたって真面目《まじめ》に足を心配してくれる彼の厚意をむげにはできない。目線をそらしながら、そっと手を重ねた。

手のひらのぬくもりはなぜかあたしの心臓までをもぶわっとくるんできた。

竹と松に囲まれた浄智寺の境内《けいだい》は心地のよい静寂に満ちていた。

本尊の三世仏《さんぜぶつ》が安置されている曇華殿《どんげでん》にお参りしたあと、苔むした風情《ふぜい》のある庭へ回った。竹林の中に櫓《やぐら》があり、トンネルを抜けた先に布袋尊《ほていそん》が待っていた。

ふっくらとした輪郭《りんかく》に穏やかな下がり目、広い額には笑い皺《じわ》がくっきりと浮かび、口もとは楽しげに開いている。衣装をはだけ丸いおなかが出ており、そこを撫《な》でると元気をもらえるそうだ。人々の手垢《てあか》で真っ黒になっている。

「ありがたや～」

例に漏《も》れずあたしも黒いおなかをさすってみる。おなかのすぐ上で布袋尊は右手の人差し指を手前へ向けていた。

「なんのポーズだろう」

「宝の在処《ありか》を指しているらしいよ」

隣で布袋尊のおなかをさわりながら、将が答えてくれる。

「大切なものは近くにあるよ、おまえのすぐ後ろだよって」

さすが物知り。さらっと言う。

「なんか聞いたことあるセリフ」

「もしかしてメーテルリンクの青い鳥？　幸せの青い鳥が、結局は自分たちの一番近くの鳥かごの中にいたってやつ」

「え、ああ……そうかも。すごいね。頭の回転速いよね」

賢くて、容姿端麗《ようしたんれい》、スタイルもよしときた。本当になんでもそろっている。うらやましいくらいだ。

それに比べてあたしは……。成績は並み、容姿は平凡、とりたてて長所といえる長所がないどころか、人の顔が区別できないなんていう欠点持ちだ。

人と比べてどうこうなんてあんまり考えたことはなかったが、今になって気にしてしまう。

「落ち込むわ……」

「え。なんでいきなり？」

「ごめん、心の声がダダ漏れだったね。あたしってなんの取り柄もないから、隣に並ぶとハイスペックすぎてまぶしいよ」

「……ハイスペックって、まさか俺が？」

心底意外そうな顔をされる。

「謙虚だなあ。でも、そこも長所だよ。嫌みがないっていうか」

「ちょっと待って。なに言ってんの？　まぶしいのは羽美のほうじゃん」

とっさに意味がわからず、目をしばたたく。

彼はなんのてらいもなく言い切った。

「素直で、自然で、明るくて。本性オタクな俺からしたらものすごくまぶしい」

「は……？」

あたしがまぶしい？

嘘。なにこれ。

こめかみに熱がたまる。お風呂につかりすぎたときみたいに脳天がくらくらして、その場に頭を抱えてしゃがみこんでしまいたい衝動にかられる。

対する将は、自分の放った言葉の破壊力なんかまったくわかっていない。

「もう気づいてると思うけど俺、神社仏閣オタクなんだよ。あと、歴《れき》オタでもある。とくに鎌倉時代とか語り出したら止まんないし」

どうでもいい箇所《かしょ》の補足説明なんか述べている。

こっちはそれどころじゃない。

「あー、もう。熱い」

顔から火を噴きそう。

「どこか涼しいところ入ろうか」

的外《まとはず》れだけど、もういいや。

二人して全然違うことを考えながら同時に後ろを向く。

そこに広がる風景に、息をのんだ。

一面真っ白い花が咲いている。ひし形をした四枚花弁の小さな花だ。膝丈の茎《くき》は風に乗ってしなやかに揺れ、独特の存在感をかもしだしている。

「月見草……」

将がつぶやく。驚いているらしく、棒立ちになっている。

さっきまでは咲いていなかった。そもそも、花があることすら気づかなかった。

「今、何時？」

唐突《とうとつ》にたずねられて、あたしは腕時計を確認する。

「十一時半。でも、どうして？」

「昨日みたいに時間がトリップしたのかと思って。月見草って、夕方に開花して朝にはしぼむ一夜花なんだよ」

もう一度時計へ目を落とした。たしかに十一時半。まだ午前中だ。

「不思議だね。なにかあるのかな」

七福神がおでましになるとか。

振り返って石像を確認する。布袋尊は相変わらず前方を指さして笑っていた。前方——月見草をさして。

胸騒ぎがした。

月は夜の象徴。夜に咲いて、朝には消えてしまう花。眠り、夢。将の悪夢。

視界からふっと将が消えた。びっくりして振り向く。彼は額を押さえてその場にかがみ込んでいた。

「しっかりして！」

「大丈夫、少しめまいがしただけ。暑さにあてられたのかも」

「違うでしょ。昨夜も寝れなかったんでしょ？　無理しないって約束したのに」

「ごめん」

月見草の茂みの向こうに寺務所《じむしょ》が見える。ひとまず屋根の下で休ませてもらおう。

肩を貸して、なんとか立ち上がらせる。幸い彼の気は確かだった。足取りは重いものの、歩いて寺務所までたどりつける。

中は古民家の玄関のようになっていて、見渡せる範囲の板の間は無人だった。ひとまず将を座らせ、奥へ呼びかける。

「すみませーん」

パンフレットやお守りが並ぶ棚《たな》の向こうに部屋があるが、返事がない。係の人はトイレ休憩でもしているんだろうか。

少し待っていれば戻ってくるかもしれない。パンフレットを一枚拝借し、将を扇《あお》いであげる。

「横になったら?」

「いや、そこまでは大丈夫。ここは涼しいし、すぐ回復する」

「手足の痺れはある?」

「ない」

水分をとらせると、だいぶ顔色がよくなった。滑舌《かつぜつ》も悪くないし、ひどい汗もかいていない。重症ではなさそうだけど、本当に大丈夫なのかな。

心配のまなざしを注ぐと、将は苦笑を浮かべる。

「情けないけど、本当に単なる寝不足なんだよ。熱中症じゃないから」

寝不足。

なにかがひっかかる。

「……そうだ、昨日も聞いた。大きなスーツケースを持った女の人が道ばたでふらついて、片言《かたこと》の日本語で『寝不足』だって」

彼女をバスに乗せたあと、黒い頭巾のおじいさんと出会った。おじいさんはなんて言った？

『あんたの連れは悪夢にむしばまれかけているんじゃよ』

連れって？　あのときは観光客の女性のことだと思った。まさか、将のことだったんじゃ。

これは、偶然の一致？

「羽美」

呼ばれて、考え事が中断する。

「朝言ってた安眠のおまじないってどんなの？　教えて」

思ったよりずっと気軽な口調だ。そんな話ができるなら、だいぶ具合がよくなってきたのかもしれない。少しほっとする。

「いいよ、唱えてあげる」

カバンからスマホを取り出し、スクショしておいた画面を開く。

全部ひらがなで書かれた和歌だ。つかえつかえになりながら、読み上げる。

「なかきよの　とをのねふりの　みなめさめ　なみのりふねの　おとのよきかな」

「待って、よくわからない」

将は喉の奥をくつくつとふるわせながらスマホをのぞき込んできた。あたしに代わって流暢《りゅうちょう》に朗読する。

「長き世の　遠の眠りの　皆目覚め　波乗り船の　音の良きかな」

「すごい。百人一首っぽく聞こえた」

さすが進学校の生徒である。

「前に本で読んだことある。これ、聖徳太子《しょうとくたいし》が作ったって言われる回文じゃない?」

「え、なんでそんなの知ってんの?」

「歴オタだって言ったじゃん」

歯切れ悪く言って目をそらす。将的には恥ずかしいことなのかもしれない。

でも、隠さずに告げてくれるのが嬉しいと思ってしまうあたしは、やっぱりちょっとおかしいのかも。

「それより。その回文、宝船の絵に書かれてるやつでしょ。正月に枕の下へ敷いて眠るといい夢が見られるっていう」

「ごめん。ネットでタイトルだけで調べちゃったから詳しく知らなくて」

軽く受け流したんだけど、将はこちらへ身を乗り出した。具合はすっかりよくなったのか、真剣な面持《おもも》ちで詰め寄ってくる。

「気づかない？　宝船っていったら七福神の象徴なんだよ」

「七福神の……!?」

思わず息をのむ。

寝不足、悪夢、七福神。

え――？　こんなところでも七福神。

そういえばお参りのたび【夢】ってキーワードが出てきてた。隼斗の問いかけも、おじいさんのつぶやきも。

つまり、福禄寿《ふくろくじゅ》が言っていた鎌倉に蔓延《はびこ》る病っていうのは、悪夢のこと……？

そのとき、廊下《ろうか》を歩いてこちらへやってくる足音が聞こえた。

はっとして顔を上げると、作務衣《さむえ》姿の若い男性の姿が見えた。顔がやけに白い……と思ったら、顎《あご》まで覆《おお》う大きなマスクをかけ、額に冷却シートを貼っている。

「お待たせしてすみません」

声は聞き取れないほどかすれている。ひどい重病人のようだ。

こちらの戸惑いが伝わったらしく、男性は深々と頭を下げる。

「こんな姿で失礼します。少々体調を崩しておりまして。それと、誠に申し訳ございませんが、本日御朱印の担当はお休みをいただいております」

隣でごくりと唾《つば》をのみこむ音がした。将がおそるおそるといったていで口を開く。

「ひょっとして、悪夢に悩まされたりしているのではありませんか？」

男性は目の玉が飛び出るんじゃないかってくらい目を見開いた。

「どうしてわかったんですか。私も、御朱印の担当もこのごろ悪夢ばかり見て、すっかり身体《からだ》をやられてしまったんですよ。家族やら参拝客の方からも聞くんです。まるでインフルエンザみたいに悪夢が流行《はや》っているんですかね。困ります」

やっぱり……！

「……蝶子《ちょうこ》に確認しよう」

「それがいい。一刻も早く、ゴールへ向かわないと」

「体調は？」

「もう大丈夫。行こう」

作務衣の男性に別れを告げ、あたしたちは鶴岡八幡宮を目指した。

第七章　鶴岡八幡宮と弁財天

結局、浄智寺《じょうちじ》では布袋尊《ほていそん》の御朱印をもらえなかった。

「まさか、二人とももらえないなんて……」

こういうときはどうすればいいんだろう。

すると、将《たもつ》が足を止めた。不安げなまなざしをこちらへよこす。

「どうしたの？」

「いや、あのさ……」

彼はおずおずとバッグに手をつっこんだ。黒い御朱印帳が取り出される。

「実は俺、布袋尊の持ってるんだけど」

「えっ、いつの間に？」

「いや、今日もらったわけじゃなくて、前に……」

角張った三文字の御朱印が書かれたページを示される。模様のような飾り字で、ぱっと見なんて書いてあるのかわからない。けれど、左下に書かれた寺名は読めた。たしかに【浄智寺】と記されている。

そういえば、彼とはじめてSNSで連絡を取ったとき、この御朱印を確認していたのを思い出す。

だから浄智寺という名前に既視感《きしかん》があったのだ。

「学校帰りに近くの寺社の御朱印を集めてたから」

「なんで先に言ってくれなかったの」

責めるつもりはなかったが、思わず口にする。

将は眉根《まゆね》を寄せて肩をすぼめた。

「以前に書いてもらったものが有効だとは思ってなくて」

たしかにそうだ。蝶子《ちょうこ》の決めたルールでは、言われた順に寺社をめぐって御朱印をもらってくるはずだったもの。

すっと手前を指しながら将が言う。

「ここから鶴岡八幡宮《つるがおかはちまんぐう》は鎌倉《かまくら》街道をまっすぐだよ。ゆっくり歩いて三十分くらいかな」

「道、調べてくれてありがとう。心強い」

「どういたしまして」

一人で行くより二人がいい。

街道を歩くあたしたちに容赦《ようしゃ》のない真夏の太陽が照りつける。

「今日はさすがにほとんど人が歩いていないな」

将が反対側の歩道や後ろを振り返りながら言う。

「普段を知ってるみたいな言い方だね。よく来るの？」

「だって、俺の学校あそこだよ」

前方左手を指し示される。そこには【巨福山《こふくざん》】と書かれた立派な門があった。

門の奥には重厚な銅板葺き二重門が見える。北鎌倉観光の目玉ともいえる格式高い禅宗《ぜんしゅう》寺院、建長寺《けんちょうじ》だ。

「建長寺なの⁉」

思わず叫ぶと、ぶはっと一笑に付される。

「なわけないでしょ。その隣」

寺院と隣接する敷地には、緑に囲まれた真新しい校舎が建っていた。白黒の格子《こうし》模様が機能的な美しさを放っている。

「あ、そうか。鎌倉学院だったよね」

知っていたはずなのに、勘違いするとは。ホント目の前しか見えない自分にあきれる。

「お寺の真横だったんだね」

「修行僧の気分で勉強に打ち込めるよ」

冗談めかして言われる。

「すてきだね」

神社仏閣好きにはたまらない環境だ。

横目で眺めながら通り過ぎる。ふと将が思い出したように手を打った。

「秋に学園祭があるんだよ。遊びにきたら」

「え……、行けるの？」

あっさりとうなずいてくれる。

「もちろん。学園祭なんだし誰でもこられるよ」

「そっか。地元の中学は関係者しか学校に入れなかったから」

言われてみれば高校の学園祭って、他校へ遊びに行ったりするものだ。

頭のいい男子校でちょっとした出会いをねらったり……。鎌倉学院は優秀な生徒が多い名門男子校だ。お近づきになりたい女子高生も多いだろう。

「たしかに小学校中学校なんかは今、セキュリティが厳しいよね。でも、もし関係者しか入れなかったとしても、羽美《うみ》は普通に入れるよ」

「なんで」

「だってもう俺の関係者でしょ？」

いたずらっぽいまなざしがあたしを貫く。

そんな自然に受け入れてくれるの？

人と接するのが怖い。いつも壁をつくってるって言ってたのに。あたしがぐいぐい来て、距離感に戸惑ってたって昨日教えてくれた。

いつの間にか、あなたが作っていた壁の内側に招き入れてくれてたの？

それって、すごいことなんじゃないの……？

「うちは中等部と合同だから、規模も大きくておもしろいと思うよ」

社交辞令ではなく、ちゃんと誘ってくれている。なんだか胸がほわほわする。

いつものあたしなら「やったあ、行く行く！」って感じなんだけど。どうしてかうまく目を見て答えられなかった。


少し歩くと、トンネルが見えてきた。二階建てバスが通っても頭をぶつけないくらい高いかまぼこ型のアーチを持ち、二車線の両脇には広い歩道を備えている。入口から出口までの距離は短く、向こうの景色が見渡せた。

天井部分が開いているデザインのため閉塞《へいそく》感はなく、明るいトンネルだ。

特に気にせず足を踏み入れんとしたときだった。トンネルの中からすさまじい金色の光があふれだした。

車のライトなんかではない。太陽光をまっすぐ浴びたような衝撃が襲う。思わず腕で目を覆った。

聞き覚えのある声が空から降ってくる。

「おい、将！　てめえなにチンタラやってんだよ」

まさか。

恐る恐る腕を下げる。細めた目で声の主を確認した。赤いノースリーブの上にライダースジャケットを粋《いき》に羽織《はお》り、腰へ手を当てこちらを見下ろす神サマ――毘沙門天《びしゃもんてん》こと典龍《てんりゅう》だった。金色の後光を背負った姿は果てしなく神々《こうごう》しい。神サマだから当たり前なんだけど。

駆け足で回れば一日で達成できる御朱印集めを三日もかけていたので、焦れて出てきたらしい。

「てめえはアドバンテージがあったんだからもうゴールしたっていいころだろ。いつまでノロマな小娘に付き合ってんだ。早く俺を勝たせろよ」

「アドバンテージ？」

驚く将に、典龍は鼻を鳴らす。

「一個多く持ってただろ。俺んとこの宝戒寺《ほうかいじ》と合わせて二個リードだ。こんなちんちくりんと競うまでもなくすぐ勝てんだろ」

ちょっと待って。

あたしは鼻息荒く問いかけた。

「浄智寺の御朱印を持ってたこと、知ってたの？」

「ったりめーだろ。俺様をなんだと思ってんだ？　神サマだぞ」

そうだけど！

「ずるい」

「そもそも『七福神《しちふくじん》の御朱印を先に集めたほうが勝ち』って言いだしたのは蝶子だぜ。俺が先に考えたルールならいざ知らず、あとから勝手に恨まれてもな」

ちっとも悪びれない。

それに比べて将はあたしにずっと付き合ってくれた。神サマよりも数倍、いや数百万倍立派な人じゃん。

「おい、てめえな」

典龍を取り巻く金色のオーラがかげる。

しまった。神サマってこっちの心を勝手に読んじゃうのよ。

案《あん》の定《じょう》お怒りになったらしく、典龍の声がどすをきかせてくる。

「俺様を愚弄《ぐろう》するとは百八年早い！」

なんで百八。

あ……まさか除夜《じょや》の鐘⁉　と、そこをつっこんでいる場合じゃない。典龍は手のひらを空へ向けた。

攻撃される⁉

身構えたあたしの身体《からだ》にはなにも起こらない。

だけど、なぜか背筋を汗が伝う。ものすごくいやな気配が前方からただよってきた。

なに？　なんの違和感？

わからずに、あたりをきょろきょろと見まわす。典龍は勝ち誇ったふうに胸をそらして顎《あご》を上げていた。

絶対なにかが起こったはずなんだけど……。

「羽美、あれ！」

先に異変へ気づいた将がトンネルの黒い壁をさす。

黒？

　さっきまでは見通しがよくて明るいグレーのトンネルだったはず。一歩踏み出し、よくよく目を凝《こ》らした。

　ただ黒いだけじゃない。まだら模様にも見える。いや、模様なのかな？　違う。動いている。――脚、うぞうぞ、細長いものが、這《は》うように動いて……ムカデ。

「ぎゃあああああっ！」

　人生の中でこれ以上速く走ったことはないくらいの速度でトンネルから逃げ出した。

　ムカデの大群がトンネルの壁という壁に這っている。百匹とか千匹どころではない。おぞましすぎる光景だ。

「気持ち悪い！」

　目の玉をほじくりだしてごしごし洗いたい。

「将、虫は平気だろ。今のうちだ。小娘はほっぽって先へ行け」

「いや、でも……さすがにこの大群は」

　嬉しげな声は典龍のものだ。将は戸惑っている。

「なに言ってんだ、かわいいやつらじゃねぇか。どうしてもってんなら目ぇつぶっていけよ。大丈夫だろ」

「大丈夫……そう？」

心配げな将のまなざしがこちらへ注がれる。

大丈夫なわけがない。

神サマのくせに妨害工作をするなんて――、

「この卑怯者《ひきようもの》めが！」

あたしが言いたかった言葉を誰かが代わりに叫んだ。鈴が鳴るような美しい女性の声。

蝶子だった。

真っ白のワンピースの裾をひらひらと翻《ひるがえ》しながら、彼女も天より降臨する。典龍と蝶子は仲が悪いくせに同じく空から登場するとか。意味がわからない。

「現れたな、蝶子。とうとう俺様に会いたくてたまらなくなったか」

鼻を鳴らす典龍のからかいを無視して、蝶子は憤然《ふんぜん》と立ち向かう。

「わらわは人間たちに任せずっと見守ってきたというに、手を出すとは『るうる』違反じゃぞ！」

「手なんか出してねえよ」

口笛でも吹きそうな雰囲気《ふんいき》でとぼけている。当然蝶子の怒りは増した。

「そのムカデはなんじゃ！　ムカデはそなたの眷属《けんぞく》じゃろ」

「いかにもそうだが、ムカデが人間どもに危害を加えたか？　加えてねえだろ。ただそこにいるだけだ」

二柱《ふたはしら》の口論には終わりが見えない。

「羽美、行こう。ムカデは襲ってこないみたいだ」

将が手招きをする。だけど、あたしは一歩も動けない。

「無理無理無理無理」

ムカデのうぞうぞ動くトンネルなんか見るのも嫌だ。襲われるとか襲われないとか以前の問題だ。

「うぬぬ、こうなったらわらわも容赦せぬ」

トンネルの前では、蝶子の怒りが爆発していた。彼女が両手を広げると、煙とともに白い大きなものが現れた。

しゅーっ、というやかんが沸騰《ふっとう》するような音が響く。

「!?」

将が激しく後ずさりをした。入れ違いに、白いものがトンネルへ入っていく。人間の身体ほどの太さでロープみたいな形をした――大蛇。

テレビで見るどこかの密林の危険生物のごとく巨大な蛇である。

白蛇はずるずると長い体躯《たいく》を引きずり、赤い舌を出した。先端をくるりと巻いて、トンネルの壁を這い回るムカデを飲み込んでいく。

「おいこら、やめろ！」

さすがの典龍もあわてたらしい。蝶子につかみかかろうとする。蝶子はひらりと身をかわし、蛇と同じ赤い舌を出した。

「やめろと言われてやめるなら神サマはいらぬ！」

にらみ合う二柱を前にして、あたしたちはどうにもできない。

「さ、すがに、これは……通れない、ね」

冷や汗を垂らしながら将が言う。ムカデは大丈夫だったくせに蛇は苦手なようだ。

まあ、たしかにあたしも蛇が大丈夫とはいえ、あそこまで大きいとそばに寄るのは躊躇《ちゅうちょ》する。

「どうしよう、ほかに道はある？」

スマホを開いて調べようとする。だけど、背後で蝶子と典龍がもめていて集中できない。

なんせあの二人がマジになると、宝戒寺のときみたいに死者が出るんじゃないかと思うほど凄絶《せいぜつ》な戦いになるのだから。

「駅へ戻って横須賀《よこすか》線で行こう」

将の提案にうなずき、後ろを振り返った。そこには、見知った男の子が立っていた。

「隼斗《はやと》くん⁉」

今日も目にまぶしい黄色のサロペットを着ている彼は、目が合うやいなや唾《つば》を飛ばしながら訴えてくる。

「グズグズすんな。あいつらを戦わせて被害を増やすつもりか。電光石火でゴールをめざせ」

「え……？」

あいつらって、蝶子と典龍のこと？　神サマの姿が見えるの？

ううん、それより、ゴールって。

御朱印集めの事情を知っている？

戸惑って立ち尽くすあたしに焦れて、隼斗は髪をかき混ぜた。

「あいつらを止めるには、一刻も早く決着をつけてやるしかないんだ。頼むよ羽美。このままじゃ、鎌倉市内どころか周辺の町にも夢魔の被害が広がる」

どういう意味なの。

夢魔って。

夢魔のせいで悪夢を見るの？

さらにもう一人誰かが駆け寄ってくる。金色の髪に見覚えがある。本覚寺《ほんがくじ》で隼斗と共にいた海釣り帰りの人だ。

「こちらが近道になっています」

青年はトンネルの脇の丘に掘られた小さな隧道《ずいどう》を示す。【巨福呂坂送水管路ずい道】と銘《めい》打《う》ってあり、背の高い男性なら頭がつかえるほどの高さしかない。堅い鉄柵《てつさく》で閉ざされていて、立ち入り禁止と書かれている。

「今開けます」

金髪の男性は手にしていた釣り竿《ざお》を振った。針が柵にかかる。すると、小さな魚を釣り上げるみたいに容易《たやす》く柵を外側へ引っ張り開けてしまった。

「嘘……」

あまりのことに口がきけない。

背後から、隼斗が早口でせかしてきた。

「頼む。あいつら、いつまでたっても喧嘩《けんか》をやめらんないんだ」

「代わりに早く決着をつけてあげてください」

男性も釣り竿をしまいながらうながしてくる。一刻の猶予《ゆうよ》もないのだとばかりに。

「この人たちって……」

寿老人《じゅろうじん》の妙隆寺《みょうりゅうじ》で出会った隼斗と、本覚寺の夷尊堂《えびす》にいた男性。もしかしたら……。

続きは言葉にならなかったが、将には伝わった。こちらを見てうなずく。

神サマに違いない。

きっと、彼らの言うとおりにしたほうがいいのだろう。黒い口を開けて待っている隧道をのぞきこむ。どうやら地下へ向かう階段があるようだ。

将がこそっと耳打ちしてくる。

「聞いたことがある。この隧道の下には人が通れるくらいの水道管があるって。昔海軍が設置したもので、鎌倉市のあちこちを巡って横須賀までつながっているとか」

「じゃあ、鶴岡八幡宮にも行けるの？」

「かもしれない。行ってみよう」

「うん。たぶん、それしか道はないよね」

意を決して隧道へ足を踏み入れる。とたん、背後で大きな金属音が鳴り響いた。

びっくりして振り返ると、入り口が鉄柵で閉ざされている。もう戻れないのだと知った。

「急いで、でもあわてないで行こう」

将が先導してくれる。

隧道は真っ暗で、背後から差し込む光しか道しるべがない。岩壁へ手を当てると、じっとりとしめっている。

「明かり、明かり」

スマホを取り出し、ライトをつけた。辺りを照らしてみるが、先が長いのか出口らしきものは見えない。

地下へ進むたび底なし沼へ足を踏み入れているみたいで、不安が募《つの》る。

二人とも無言で進んだ。

やがて階段を下りきったころ、スマホのライトが急に暗くなった。どうやらバッテリーが切れたらしく、つかなくなってしまう。

明かりに目が慣れていたせいか、突然おとずれた闇は深い。なんにも見えなくなってしまった。

「だめだ、俺のもつかない」

すぐ目の前で将の声がする。二人してスマホが使えなくなった。

「どうしよう」

「でも、戻るわけにもいかない。壁を伝って慎重に行こう」

励《はげ》まされ、再びあたしたちは歩き出した。

しばらく手探りで進む。ふと、将の足が止まった。

「道が二つに分かれてる」

手を伸ばして前方の壁を探る。本当だ。

「どっちが鶴岡八幡宮？」

こう暗くては方向感覚が失われてしまって見当もつかない。

なにか役に立つものがないか、カバンをあさる。手に御朱印帳がふれた。

もしかして、助けてくれたりしないかな？

藁《わら》にもすがる思いで御朱印帳の蛇腹《じゃばら》部分を開いてみる。七福神が飛び出してきて、あたしたちを導いてくれたりして！

「……なんて、あるわけないか」

当然、奇跡が起こるはずもなく。

がっくりと肩を落とした。

「羽美、前見て。なにか違って見えない？」

将の言葉に顔を上げる。相変わらず目前に広がるのは闇だ。

あれ、でも、待って……。

左側の道の奥、違和感がある。

目を細め、凝視する。薄ぼんやりとセピア色の光が見える気がした。

「まさか、面掛行列《めんかけぎょうれつ》の光？」

「そうかもしれないし、違うかもしれないけど、こっちの道へ行ってみようか」

「うん」

目の錯覚《さっかく》かもしれない。偶然かもしれない。

だけど、御朱印帳を開いたのがきっかけで、神サマが導いてくれたのかもしれない。信じてみたい。

先ほどよりは足を速めて左側の道を進んでいく。目が暗闇に慣れてきて、ほんのわずかなセピア色の光でも足もとが見えてきた。

が。

今度は背後から水の音が聞こえてきた。

「なんだろう？」

トイレで水を流したような音だ。はじめはかすかだったのが、徐々に大きくなる。近づいてきている。

……え。

ここは地下の水道管。水は高いところから低いところへ流れるもの。

恐ろしいことに気づいてしまった。

「ねえ、まさかだけど、水が流れてきてない？」

前方からぐっと手首がつかまれる。

「逃げよう！」

有無を言わさず強い力で引っ張られ、走り出した。後ろを振り返る勇気はない。

水の進む速度ってどれくらい？

出口の見えない隧道《ずいどう》で、逃げきれるの？

どうしよう！

焦れば焦るほど足がもつれて、うまく走れなくなる。

そのとき、白い生き物が足もとをすり抜けた。ソフトボールみたいな大きさで、細長いしっぽが生えている。

「ねずみ⁉」

踏んでしまいそうで、足を止める。ねずみはあたしたちの足の間をちょこまかと走り、ふっと姿を消した。と思えば、横壁にあいた穴の中へ入ったのだった。

穴は人間の頭よりも少し大きいくらいのサイズだ。ただくぼんでいるだけではなく、横穴みたいになってどこかへつながっているらしい。

「これ、『古事記《こじき》』にあったやつだ！」

突然将が大きな声を出し、隧道中にうわんと反響する。

「え、『古事記』？」

「大国主命《おおくにぬしのみこと》が火に囲まれて絶体絶命のとき、ねずみが現れて、『内はほらほら、外はすぶすぶ』って」

「なに言って……」

「つまり、ねずみに導かれて、命が助かるんだ」

「え、え……？」

「いいから、穴に入って！」

混乱していると、穴の入り口へ頭を押しつけられる。

とにかく、背後に迫る水から逃げるために、横穴へ入れというのだ。

「無理だよ、狭すぎる」

たとえ入れたとしても、今度はつまって出られなくなってしまう。水が流れ込んできたら即アウトだ。このまま隧道を走って逃げたほうがいい気がする。

けれど、将は譲《ゆず》らない。

「大国主命は大黒天《だいこくてん》。ねずみは大黒天の使いだ。セピア色の光と同じで、きっと七福神の導きだよ」

「でも……」

まだごねるあたしを納得させようと、将は岩壁を叩いてみせた。思ったよりも軽い音が響く。

「聞いた？　中はきっと空洞だ。狭いのは入り口だけ。俺を信じて」

信じるの？　将を。

それなら、できる気がする。

ごくりと唾《つば》をのみこんだ。迫り来る水音は、考えている時間がもうないのだと告げている。

「わかった」

思い切って腕と頭をつっこむ。

穴は斜め上方面へ続いていた。両手を頭上へのばして平泳ぎをするように動かすと、岩のひっかかりをつかんだ。指先に力を込めて身体《からだ》を引っ張る。将が靴《くつ》を押してくれる力と合わさって、ずるんと身体が抜けて広がりへ降り立った。

「抜けた！」

三十センチくらいの狭い穴の奥は、あたしがぎりぎり立てる高さの隧道へつながっていた。上り坂となっていて、出口らしき光も見える。

「出られそうだよ。つかまって」

　今度は将の番だ。あたしは両腕を穴へ差し入れた。向こうから将の手がぎゅっとつかんでくる。

　岩の出っ張りに足をひっかけ、夢中で彼を引き寄せた。がっしりとした身体は狭い穴に引っかかってなかなか通り抜けられない。

「あっ、水が」

　将が足をばたつかせた。とうとう水に追いつかれたらしい。いっそう焦った。抱きつく勢いで身を乗り出し、将をこっちへ引っ張る。肩が抜けた、と思ったとたん、水の勢いに後押しされた将が飛び出してくる。

「……ったあ！」

　バランスを崩して尻餅《しりもち》をついたあたしに将がかぶさってきた。間近に迫る秀麗《しゅうれい》な顔に狼《ろう》狽《ばい》してのけぞる。後頭部に鈍い衝撃が走った。

「――っ？」

　岩へ打ちつけたにしては痛くない。とっさに閉じていた目を開けると、将の腕が頭を抱えてくれていた。かばわれたのだ。

「大丈夫⁉」

「う、うん……」

まるで床ドンされたみたいな体勢にくらくらしながら、なんとか返事をする。

だけど、ゆっくり休んでいる暇はない。横穴からどんどん水が流れ込んできていた。

四肢《しし》を大げさにばたつかせて起き上がり、二人して出口を目指す。上り坂はどんどん急になっていった。動物のように両手を使って這《は》い上がる。追ってくる水の勢いが弱まった。なんとか逃げ切れそうだ。

「出口だ――！」

狭い穴から二人ほぼ同時に顔を出す。

大階段と銀杏《いちょう》の木、ごった返す観光客、朱塗りの舞殿。

見覚えのある光景が広がっていた。

「え、ここ、鶴岡八幡宮⁉」

「しかも、ど真ん中だ」

あたしの叫びに将が重ねる。

そう。あたしたちは鶴岡八幡宮のド中心とも言える本殿へ続く大階段のふもとにいた。

かつて源実朝《みなもとのさねとも》が暗殺された舞台といわれる大銀杏の切り株の中からひょっこりと顔を出していたのだった……！

神サマのつないでくれた道は、とんでもないところにつながっていた。

「ヤバイ。こっそり出よう」

幸い観光客は写真を撮るのに夢中でこちらに気づいていない。

目立たないよう切り株の中から脱出し、人混みへ紛《まぎ》れた。

「……着いたね」

服の汚れを払いながら、呼吸を落ち着かせる。

ゴールは鶴岡八幡宮。弁財天《べんざいてん》の御朱印がもらえるのは、本殿とは反対方面の池のほとりにある旗上《はたあげ》弁財天だ。

「どうする」

将が問いかけてくる。形のよい唇をきゅっと結び、真剣なまなざしをしていた。

単に行くか行かないかを聞かれたのではないと悟る。

一緒にゴールへ向かったとして、御朱印をもらえるのはどちらか一方。

どっちがもらうか、とたずねてきたのだ。

今のところあたしたちは共に三つずつ集めている。つまり、弁財天の御朱印をもらったほうが勝利を収める。

あたしの当初の願いはたいしたものじゃなかった。花音《かのん》や唯《ゆい》に彼氏ができたのを見て、

「彼氏がほしい」って言ってみただけ。今となってはどうでもいい。

今、かなえたい願いは——。

隣に立ち、真摯《しんし》な目をこちらへ向ける将を見つめる。

悪夢に悩まされるこの人を助けてあげたい。

だから、あたしは。

「弁財天の御朱印はいらない」

はっきりと伝える。

将の肩からふっと力が抜けた。

「よかった。じゃあ、俺ももらわない。二人とも、もらわないことにしよう」

彼は硬い表情を崩し、口もとに笑みを刷《は》いた。

その発想はなかった。

「俺たちのどちらかが御朱印をもらえば一応の決着はつく。でも、それで本当に諍《いさか》いが終わるとは思えない。だって、根本的な解決にはなってないから」

彼らの喧嘩《けんか》を止めてくれ、と隼斗は懇願《こんがん》してきた。おおもとの原因が解決しなければそれはかなわない。

あたしたちなら「なんとかしてくれるのかも」って福禄寿《ふくろくじゅ》は言ってくれた。

そうだよ。決着をつけるべきじゃない。

蝶子たちの思惑通りにはしない。

視線を交わし、うなずき合った。

いよいよ、ゴールへ向かう。

まっすぐに長い参道を鳥居へ向かって進み、両側に池が見えてきたところで左手の島へ渡る。竹の柄にくくられた白い幟《のぼり》が重なって立つ旗上弁財天はすぐそこだ。砂利《じゃり》の上にむらがっていた白い鳩が一斉に飛び立った。

「蝶子！」

天へ向かって叫ぶと、辺りの景色が一変した。観光客の姿が消え去り、金色の光をまとう蝶子と典龍が現れる。神サマの力おそるべしだ。

蝶子は白いワンピースの肩のあたりから新しい腕を生やし、一面四臂《いちめんよっぴ》となっている。典龍も服装は変わっていないが頭に兜《かぶと》をかぶっている。どちらも変身中といったいでたちだ。

彼らを呼び出すのがもうちょっと遅れていたら、ひどい戦いへ発展していた可能性がある。

なんとか間に合ったらしい。

「おお羽美、そなたが勝ちじゃな！　さあ御朱印帳を出すのじゃ。わらわが『すぺしゃる』なものを書いてやろう」

はしゃいだ蝶子の四本の腕がこちらへ伸びてくる。典龍の長い鉾《ほこ》がそれを止めた。

「違うだろ。先に着いたのは将のほうだ。俺様は見た」

いがみ合う二柱《ふたはしら》を見て、あたしたちの決断は間違っていないと確信する。

カバンを脇へぎゅっと抱えた。御朱印帳は出さない。

「あたしたち、ゴールはしない」

「どういう意味じゃ」

四本の腕で鉾をつかんで蝶子が身を乗りだしてくる。

「どういう意味なのか、こっちも聞きたい。鎌倉市内に蔓延《はびこ》る病《やまい》ってなに。悪夢を見るのは、蝶子たちのせいなの？」

きっと全部つながっている。二柱の諍い、隼斗が言っていた【夢】、福禄寿の告げた【病】、そして将を苦しめる【悪夢】。

複雑に絡まった一本の糸をほどいていくうち、つながった縁。

「あたしたち二人の願いは一緒。悪夢を見なくしたい。でもそれは本来、御朱印をもらわなくたってかなうことなんだよね？　蝶子たちがケンカしてるからいけないんでしょ⁉」

いささかあわてたていで蝶子が口を挟む。

「違うぞ！　悪夢はわらわのせいではないっ。夢魔……悪夢を見せる魔物がの、日々増えておっての」

しどろもどろな弁解にあたしは半眼《はんがん》になる。

「それはまったくひとつも蝶子たちに原因はないの？」

「ないぞ！　われら七福神は年に二回、祓《はらえ》の日に宝船に乗って夢魔退治へ出るのが仕事なのじゃ。むしろ、言うなれば夢魔の敵なのじゃから」

「……先月の祓はやってないけどな」

ぼそりと典龍がこぼす。苦虫《にがむし》をかみつぶしたような風情《ふぜい》だ。これは、自分たちが悪いと自覚している。

今度は典龍をぎっとにらみつけた。

「神サマのくせに職務放棄したの？」

「っせーな、小娘！　蝶子が俺様と一緒に船に乗らねえとか言い出すから悪いんだよ」

「わらわのせいか！　そなたが妙ちくりんな嘘を流布《るふ》させたから悪いんじゃろ。嘘つきとは一緒の船になぞ乗れぬ！」

「嘘ってなんだよ。聞き捨てならねえ」

「わらわが嫉妬《しっと》にくるう鬼のような女神で、『かっぷる』を引き裂くなどといった『でま』を流布させたのは誰じゃ」

「あー……」

あった。そんなこと。その噂《うわさ》のせいで恋人たちが江《え》の島《しま》行きを躊躇《ちゅうちょ》して、江の島観光協会が打ち出した〝えん結びの島♡江の島〟ポスターが使えなくなったとか。

「あんなん昔っからある噂だろ」

「なんじゃと！　やはり、そなたとはきちんと決着をつけねばっ」

ぎゃんぎゃんと言い合う二柱を前に、とうとうあたしの堪忍袋の緒は切れた。

「そんなこと言ってる場合じゃないでしょ。神サマってみんなを苦しめるための存在なの？　鎌倉の人たちが困ってるのに」

「……」

言葉を詰まらせる蝶子に焦れて、あたしは御朱印帳を取り出す。乱暴に彼女へ突きつけた。

「……わかった。じゃあ、御朱印書いてよ」

「羽美？」

「ここに書いて。そしたら願い事をかなえてもらうんだから。二人が仲直りするようにってね」

「っ！」

鉾をつかんでいた蝶子の二本の腕が消えた。人間に近い姿へ戻る。

「……だとさ。どうする」

鉾も消え、典龍が腕を頭の後ろで組みながら言う。蝶子はふてくされたふうにそっぽを向いた。

「どうするもなにも、仲直りして夢魔退治に行くしかなかろう」

そのとたん、わっと辺りを囲まれた。隼斗に金髪の青年、福禄寿と長谷《はせ》で出会った頭巾のおじいさんの四人が立っていた。

「言質《げんち》はとったぞよ」

おじいさんが万歳《ばんざい》をした。この人も神サマだったんだ。長谷寺のチケットをくれたってことは、大黒天なのだろう。

「よし、早速夢魔退治に行くぜ」

隼斗も子供らしく飛び跳ねる。彼は寿老人の寺で出会った。見た目は十歳くらいだが、寿〝老人〟なのだろうか……?

「老人言うな!」

すかさずつっこみが飛んでくる。そうだった。神サマは心の声を勝手に読んでしまうのだ。

どうやらふれてはいけない話題らしいと察してあたしはそっと心を閉ざした。

「やれやれ、今日は何日だよ。祓がちゃんとできてねえから、市内に夢魔がうじゃうじゃしてるぜ。鎌倉市民だけじゃなく、宿泊客にまで被害が及んでる」

ざんばら頭をがりがりと掻《か》きながらぼやくのは福禄寿だ。相変わらず文豪みたいな見た目をしているが、着物の色が目立つ梔子《くちなし》色なのが特徴的である。

「……祓って六月末の厄払《やくばら》いの行事のことですよね」

将が疑問をつぶやいた。おおようにうなずいたのは大黒天のおじいさんだ。

「そうじゃ。わしらは六月と十二月の祓の日、宝船に乗って夢魔退治へ行くんじゃよ。夢魔は日に日にうじゃうじゃと増えていくやっかいな魔物でなあ」

「退治すると、悪夢は見なくなる?」

思わず食ってかかる。

「いかにも。じゃが今年は七柱がそろわず、出航できずにいたのじゃ。観光客にまで夢魔の被害が及ぶようになってきたからに。被害は深刻なのじゃよ」

長谷寺近くで体調を崩した女性を思い出す。彼女は不調の原因を寝不足と説明した。将や浄智寺の人たちと一緒だ。

「そろわなかった二柱ってのはもちろん……」

仲たがいをしていた蝶子と典龍を交互に眺める。彼らは示し合わせたわけじゃないのに同時に視線を外した。もしかして、本当はものすごく気が合うのではないか。

「もう喧嘩しちゃだめだよ」

わがままっ子に言い聞かせるみたいに言うと、蝶子は胸を張る。

「もちろんじゃ。そもそもわらわは神代より愛情深き女神ぞ。喧嘩などふつうはせぬ。売られなければなっ」

余計な一言を言わなきゃいいのに。やはり、黙っていられない典龍が懲《こ》りずに割り込んでくる。

「愛情深い〜？　どこがだよ。この鈍感め」

「なんじゃと!?　わらわはここ江の島でも五頭龍《ごずりゅう》と夫婦神とあがめられておるのを知らぬのか？」

「うるせえな！　龍なんか今、どうでもいいだろ」

「よくはないぞ。そなたとて『典龍』などと名乗っているくせ、龍をバカにするでない」

「それはおまえが龍ばっかり……って、なんでもねぇよ！」

軽く肩を叩かれて振り返る。

呆《ほう》けた顔をした将がいた。

「まさかだけど………そういうことなの？　あれじゃあ典龍さん、大変そうだね」

「え。大変なのは絡まれてる蝶子のほうじゃないの？」

「……」

生暖かい目で見られた気がするんだけど、なんで？

背後では、七福神たちが出航の相談をしている。

「すぐに宝船の手配をしましょう」

「おい、誰か布袋《ほてい》と連絡取れよ。あいつどこまで情報収集しにいった？　中国か？」

「インドじゃないか？」

「まさか迷子になっているのではなかろうな？　はよ呼び戻せ」

神サマの世界も複雑そうだ。

「羽美」

鈴の鳴る声に呼ばれて振り返る。

白くて細い手が伸びてきて、優しくあたしの頬《ほお》へふれてきた。

「巻き込んで悪かったの。わらわも少々大人げなかったわ。必ず願いはかなえるから、安心せよ」

心にすうっとあたたかさがしみ込んでくる。

もう大丈夫。

安堵《あんど》して将を見つめた。

すると、いたずらめかした忍び笑いが起こった。

「でもな、悪いことばかりではなかったじゃろう？」

蝶子は縁結びポスターを取り出し、見せびらかしてくる。

「羽美と将、二人の縁が結ばれたのはわらわのご利益《りやく》じゃぞ」

「は⁉」

「弁財天蝶子は縁結びの神でもあるのじゃ」

ちょ、ちょっとぉ！

なにを言い出すのよ、いきなり。

胸を張り、鼻息を荒くして蝶子は続ける。

「『えすえぬえす』できちんと流せ。きっとわらわの人気が『ばずる』はずじゃ」

「待てよ！　それを言うなら、俺様のご利益でもあるだろ」

気に食わないとばかりに典龍が大声を上げる。

「てめえら二人の縁結びは、俺様のおかげだ」

「！」

だから、縁結び縁結びって言わないでよ！

恥ずかしいったら。将の顔が見られない。

「なんじゃと、典龍。御利益かぶりもたいがいにせいよ。財宝、戦勝とまるかぶりな上、さらに縁結びまでまねっこするとはなんたる厚顔無恥《こうがんむち》！」

「うるせえ」

言い合いをはじめた二柱を仲間の神たちが取り囲み、必死になだめだす。場はまたもやぐちゃぐちゃとなった。

「もう、勝手にして。ただし、願いはかなえてよね」

将も隣で苦笑している。

「俺たちの役目は済んだのかな。行こうか」

「うん」

差し出された手を迷いなく取る。

「次はどこへ行く？」

当たり前のようにたずねてくれる。

御朱印帳にはまだ白いページがいっぱいある。鎌倉には、ほかにもたくさんの寺社がある。全部回ろうと思ったら、御朱印集めは長い旅となるだろう。

胸の中に小さな熱が生まれた。まだそれがなんなのかはわからないけど、大切に見守っていけたらいいと思う。

時間をかけて、ゆっくりと。

「七福神巡りみたいにテーマを決めてあちこち回りたいな」

何日もかけて、少しずつ。

全部のページが御朱印で埋め尽くされるころには、なにかが変わっていたりするのかな。

「まずは小町《こまち》通りで腹ごしらえしながら相談しようか」

あたしはもろ手を挙げて賛成する。

「紫いもソフト食べよ！　あと、しらす丼も食べたい。ベーカリーを回ったり、西口のチヨコ専門店も、海の見えるカフェも」

行きたいところ、食べたいものはもりだくさん。でも、大丈夫。

夏休みはまだはじまったばかりなのだから。

※この作品はフィクションです。実在の人物・団体・事件などにはいっさい関係ありません。

集英社オレンジ文庫をお買い上げいただき、ありがとうございます。
ご意見・ご感想をお待ちしております。

● あて先
〒101-8050　東京都千代田区一ツ橋2-5-10
集英社オレンジ文庫編集部 気付
後白河安寿先生

集英社
オレンジ文庫

鎌倉御朱印ガール

2019年7月24日　第1刷発行

著　者　後白河安寿
発行者　北畠輝幸
発行所　株式会社集英社
〒101-8050東京都千代田区一ツ橋2-5-10
電話　【編集部】03-3230-6352
【読者係】03-3230-6080
【販売部】03-3230-6393（書店専用）
印刷所　大日本印刷株式会社

※定価はカバーに表示してあります

ISBN 978-4-08-680265-9 C0193